書下ろし

ダークリバー

樋口明雄

祥伝社文庫

ダークリバー

一九七九（昭和五四）年――夏

1

段ボール箱が製函機《せいかん》から次々と出て、ベルトコンベアで移動してくる。保管倉庫から、伝票を元にピッキングされ、運ばれてきた荷物を、その箱の中に入れる。それを別のコンベアに載せて梱包機《こんぽう》に送り込む。

それだけの単純な作業を、朝の九時から二時間、続けていた。

狭い倉庫のような仕事場には冷房もなく、室温は三十度を超えている。作業服の脇の下や背中には汗の染《し》みが浮かび、作業帽を脱いでは腰にぶら下げている手ぬぐいで額《ひたい》の汗を拭《ぬぐ》う。しかし少しでも休んでいると、容赦《ようしゃ》なく次の段ボール箱が流れてくる。

仕事には一定のリズムが必要で、それが崩れるとレーン全体の流れが止まってしまう。

だから、まったく手を抜けない。しかも細かな作業が多く、軍手などを使えないため、指先が荒れてくる。しかし湿潤クリームの類《たぐ》いを塗ることは禁じられている。

作業員は十名程度。それぞれの受け持ちの箇所で黙々と作業にいそしんでいる。

有線放送の音楽が流れていたが、すぐ近くにある全自動バンド掛け機が金切り声のようにヒステリックな作動音をくり返し立てているため、ほとんど聞こえない。

それどころか作業終了を知らせるチャイムの音も耳に入らず、私はロボットのように黙々と両手を動かしている。

同じ作業をずっと続けていると、思考が麻痺《まひ》してくる。

まるで自分が機械の一部になったような気がする。

それでいいのだと思った。何もかも忘れて無心でいられるからだ。

ふいにコンベアが停止して、我に返った。休憩時間だった。

作業員たちは次々と持ち場を離れ、仕事場の外に出ていく。私も手ぬぐいで顔や首回りの汗を拭きながらロッカールームに入った。

ポケットから小さなカギを取り出し、扉を開く。

少し前、うっかり施錠《せじょう》を忘れていたら、ズボンに入れていた財布からなけなしの一万円札二枚を抜かれていたことがあった。やったのは職場の誰かに違いないが、あえて詮索する気にもなれなかった。

ハンガーに掛けていた上着の内ポケットから、煙草《たばこ》とライターを取り出し、扉を閉めて施錠をした。それから工場の建物の外へと出て行く。

新港に近い立石町《たていしまち》の海沿いに、〈岩国《いわくに》港湾倉庫〉の作業場があった。トタンの波板を薄い壁に打ち付けただけの粗末な建物で、職場の名前がそこに大きく書かれてある。周囲には大小のトラックが停まり、あるいは出入りをしている。あちこちにパレットが積み上げられ、幾台かのフォークリフトが小動物のようにせわしなく行き交っては段ボールの山を運んでいる。

私はコンクリの防波堤前に転がったドラム缶に座り、煙草を吸った。

八月の日差しが眩しく、気温も高い。

しかし海風が心地よかった。

休憩中の他の作業員たちは二、三名ずつ集まって、そこここで煙草を吸い、あるいは缶飲料を飲んでいる。私はいつもひとりきりだった。ここには友人も仲間もいない。それどころか周囲からは敬遠されているのがわかる。たまに冷ややかな視線を感じもする。

週に四日ほど、私はここで作業をしている。

薄給だが仕方なかった。

贅沢に無縁の質素なひとり暮らしだし、何とか生活は維持できている。

建物に隣接する会社事務室の扉が開き、くたびれた水色のワンピースを着た中年女性が、錆《さ》び付いた鉄の階段に足音を鳴らしながら、あわただしく下りてきた。

彼女がまっすぐ私のほうにやってくるので驚いた。

「椎名高志《しいなたかし》さん」

いそいそと歩み寄って、私に声をかけた。

胸に〈沖永《おきなが》〉と名札が差してある。

沖永悦子《えつこ》。事務員のひとりだった。

煙草を足元に落とし、靴底でつぶしてから立ち上がった。

「あんたに電話がかかっちょるんじゃけど」

木訥《ぼくとつ》な山口弁で、彼女がいった。

「私に電話、ですか？」

パーマを掛けた髪を風になびかせながらうなずいた。

「ニシムラトオルさんっちゅう人からじゃけど、知っちょってかね？」

うなずいた。

古い友人の名だった。

身をひるがえし、急ぎ足で戻る彼女のあとを追った。

鉄の階段を上り、事務室の入口に立つと、そこに並ぶ事務机についた男女の視線がいっせいに私に注がれた。が、目が合うのを嫌うように、誰もがすぐに顔を背けた。

私は黙って一礼し、事務室に入った。

「あの電話じゃけえ」

沖永悦子に指差されたのは、壁際にあるピンク電話だった。

受話器が外して置いてある。

そこに行って、手に取った。

「もしもし」

――椎名か。いきなりすまなかったな。

まぎれもない西村亨《にしむらとおる》の声だった。

「久しぶりじゃないか」

――刀根奈津子《とねなつこ》のことで報告がある。

唐突にいわれて驚いた。

「彼女がどうした？」

——亡くなったよ。

一瞬、呼吸が止まった。

「いったい何の冗談だ？」

——冗談をいうために、わざわざあんたの職場に電話したりしない。自殺したんだ。寝しなに睡眠薬を飲んだという話だ。父親が一一九番にかけて救急車で国立病院に運ばれたが、すでに遅かったらしい。

「何故《なぜ》……」

——事情はよくわからん。

「そもそも、どこからその話が伝わってきた？」

——これでもブンヤの端《はし》くれだぞ。支局の別の記者からの情報だよ。

私はしばらくの間、黙っていた。

壁にかけた鏡が真正面にある。そこに青ざめた顔があった。

——飛び込んできたばかりのニュースだが、やっぱりお前にゃいっておこうと思った。

「すまん。彼女はまだ国病か」

——そのはずだ。また電話する。

「ありがとう」

受話器を置き、私は唇を嚙みしめた。

鏡の中から見返す自分自身の顔を、しばし見つめていた。

さまざまな回想が脳裡をめぐった。

振り向くと、また何人かの事務員と目が合った。

私はゆっくりと歩き、壁際の事務机に座る作業長のところに行った。熊丸《くままる》という名で、両耳の周囲を残して禿《は》げ上がった丸顔の中年男だった。私が前に立つと、無表情な顔を上げた。

「知り合いの訃報《ふほう》があったので、今日はこれで上がらせてもらいたいんですが」

ふっと眉根《まゆね》を寄せて、熊丸がいった。

「最近のあんたの勤務態度はあまりようないのぅ。昨日は一時間も遅刻してきちょったし、先週は作業所内で喧嘩騒ぎじゃ」

「あれは向こうから……」

いいかけて口をつぐんだ。

「いろいろとすみませんでした」

深々と頭を下げた。

「まあ、ええじゃろ。タイムカードを忘れんと押しとけ」

「助かります」

去ろうとすると、また声をかけられた。

「椎名」

私は肩越しに振り向く。「何です」

「あんたがいくら元警察官でも、うちは特別待遇はせんけえの。ええか？」

「わかっとります」

また頭を下げ、私は事務室を出た。

階段を下りると、堤防の付近で煙草を吸っていた作業服の同僚たちの冷たい視線が刺さった。が、かまわずに私は下を向いたまま歩を運び、作業所に入った。そしてロッカールームであわただしく着替えを始めた。

＊

職場近くにある電話ボックスからタクシーを呼んだ。

海に沿って伸びた国道一八八号線を少し下り、藤生《ふじゅう》という小さな街に国立岩国病院がある。地元民は国病と呼んでいる。

外来受付のカウンターで事情を話し、看護婦の付き添いで案内された。

階段を下り、霊安室前に至る通路を歩いた。周囲にわだかまる空気がやけにひんやりしていた。なのに手がじっとりと汗ばんでいる。

看護婦がゆっくりと扉を開き、霊安室に入った。私もそれに続いた。

気温がさらに下がったような気がした。

四方は白い壁。右手に『禁煙』と書かれた紙が貼ってある。真正面には白木で作られた焼香台がある。線香の匂いが立ちこめていた。

奈津子は、その部屋の中央にひとつだけ置かれたスチールパイプのベッドに、白いシーツをかけられ、横たえられていた。

シーツの上に花束が斜めに置かれていた。ビニールに包まれたままだった。

香炉の線香は白く燃え尽きていた。

彼女の父親の姿はなかった。

空調機がかすかに低く唸《うな》っていた。それ以外は、深海の底みたいに静かだった。

看護婦がシーツをそっとめくると、白く、美しい奈津子の顔があった。今にも目を開けるのではないかと思うほど、生気を帯びた顔だった。

だが指でそっと頬に触れると、氷のような冷たさがある。

奈津子は死んでいる。もう生きてはいない。

少しずつ実感が湧いてきた。

それとともに哀しみがこみ上げてきた。

救いを求めるように、彼女との思い出をさぐった。

初めて会ったのは九年前、奈津子はまだ十三歳だ。濃紺のセーラー服がよく似合う中学二年の少女だった。たったの三年間だが、私と妻の美紗《みさ》との心の隙間を埋める存在でいてくれた。その間、奈津子は私たちの娘だった。本人もきっとそう思っていたはずだ。

それにしても、父親の刀根はどうしてここにいないのか。

彼を待つべきだろうか。そう思ったときだった。

背後の通路に足音がした。

静かな病院にはっきりと聞こえた。

やがてドアがゆっくりと開いた。てっきり刀根がやってきたのかと思ったが違った。入口の前に、別の中年男が立っていた。剃刀《かみそり》のように鋭い眼光が、私を射すくめた。

昔の同僚だった。

「椎名高志。こんとなところでお前、何をしちょる」

濁声《だみごえ》の山口弁は相変わらずだった。

皺《しわ》が刻まれた白のシャツに、藍《あい》色のネクタイをだらしなく引っかけている。四角い顔に分厚い唇。独特の三白眼はいかにも刑事らしい。

「寺崎《てらさき》……」

私が山口県警岩国東警察署にいた当時、寺崎勝美《かつみ》は巡査部長だった。今はもっと出世しているだろう。上に上手く取り入り、他人を平気で蹴落《けお》とすような男だった。彼の後ろには相棒らしい、開襟《かいきん》シャツ姿の若い刑事がいた。名も知らないし、見知らぬ顔だった。が、汚物を見るような顔で、私のことを睨《にら》んでいた。寺崎によく仕込まれている。

「刀根奈津子に会いに来ただけだ」

私はそういった。

「今さら、縁もゆかりもなかろうが」

「あんただって、なんでこんなところに？　父親はともかく、娘の奈津子には関係ないだろう」

寺崎は口元を歪めて笑った。

「自殺じゃけえのう。不審死扱いっちゅうことで調べるんがわしらの仕事じゃ」

「調べて何か出てきたのか。なんで奈津子は死んだ？」

寺崎はしばらく黙り、おもむろに口を開いた。

「お前にゃ関係のないことじゃ」

「つまり、たんなる自殺じゃなく何か裏があるってことだ」

「そいつは深読みし過ぎっちゅうもんだ」

「刀根を見張っているんだな」

寺崎は三白眼《さんぱくがん》で私を見ながらいった。

「それも深読みじゃ。あいつはもう服役を終えて、とっくに娑婆《しゃば》に出てきちょるし、極道の世界から足も洗《あろ》うた」

「いつだったか。あんた、ヤクザは死ぬまでヤクザだっていったな」

「そろそろ帰ったらどうかいね？」

私は寺崎を睨んだが、何もいわなかった。仕方なく黙って歩き出した。

寺崎の脇をかすめて通り過ぎ、彼の後ろに立つ若い刑事と目を合わせ、それから霊安室を出ると、案内をしてくれた看護婦に礼をいった。

病院の通路に目映《まばゆ》く午後の光が差し込んでいる。そこから見える瀬戸内《せとうち》の海は青白く霞《かす》んでいた。遠く、水平線に小さな漁船が浮かんでいた。

看護婦や医師たちが院内を忙しそうに歩き回っていた。

ひとりの若い女の死なんてありふれたことだ。

この世界では、ほんのちっぽけな出来事なのかもしれなかった。

＊

八月の熱気の中で、街がゆらいでいた。

国鉄山陽《さんよう》本線の岩国駅。そこに向かう大きな道路の途中に奈津子と父親の家を兼ねた店があった。

〈ビリヤード　栄光《えいこう》〉

この名前を冠するにしては、皮肉な佇《たたず》まいとしかいいようがない。古びた三階建てビルの二階が店になっていた。埃《ほこり》に汚れ、排ガスですっかり煤《すす》けてしまった窓と、塗料があちこち剝《は》がれた表看板があまりにも寂《さび》れた印象を呈していた。

路上に立っていた私は、意を決して店に向かって歩いた。

過去、何度か前を通り過ぎたことがある。しかし、店内に入ることはなかった。

錆び付いた鉄製の外階段が壁に取り付けられている。手摺《てす》りを摑み、ゆっくりとそこを上り切った。よく磨かれていて、町の景色が映り込む大きなガラス扉に、『忌中』の貼紙が風に揺れている。

刀根と記した表札がある。郵便ポストには新聞やチラシなどが強引に突っ込まれていた。そこにふたつの名前が読めた。

刀根真太郎
奈津子

扉にはカギがかかっていて開かなかった。

何度か叩いてみたが反応はない。

ガラス扉に顔を押しつけるように店内を覗いた。ビリヤード台がいくつか並び、壁際のラックに無数のキューが立てられ、暗く狭いカウンターと古びたジュークボックスが置かれている。

やはり留守のようだった。

刀根はいなかった。私と入れ違いになったのかもしれない。

上ってきたときと同じように、ゆっくりと外階段を下りた。不摂生《ふせっせい》で自堕落な毎日を送っていたため、手足の筋肉がすっかり落ちて、本当に老人のような瘦せ細った躰《からだ》になっていた。それにくわえて、過度のアルコール摂取が肉体を徹底的に衰えさせている。

車道を横切って渡り、歩道に立って振り返る。

しばしその建物をじっと眺めた。

刀根の帰りを待っていたわけではないが、なぜかそこから離れられずにいた。いたずらに時間だけが過ぎ去っていた。

車がひっきりなしに通りを往来していた。市営バスは満員の乗客を詰め込んで駅に向かっていた。夏の陽光に照らされ、街の色は淡い青から、くすんだ灰色に変わりつつあった。


アパートに戻る気が起こらず、駅前商店街をブラブラと歩いた。

岩国東署に近いため、現役時代の同僚にバッタリ出会うのではないかと気が引けたが、あのカビ臭い部屋に戻って、明るいうちから酒を飲み始めるのも空しく思えた。

駅前のバス停のベンチに座り、うなだれたまま、煙草を三本ばかり吸った。

いろいろと考えることがあるはずなのに、何も思い浮かばなかった。

足元に落ちている白い灰を見ていた。重苦しい喪失感ばかりが、心を占めている。

妻を失ったときから、私は人生を見失った。そのことをあらためて思い出したが、なぜかずいぶんと遠い昔のような気がした。奈津子を亡くした哀しみは、あのときとはまるで違う、別の方角から心を抉《えぐ》られるような感じがした。

涙は出なかった。

そのぶん、心の疵《きず》がより深く疼《うず》いていた。

奈津子は私の身内ではない。しかし、それ以上に近しい存在だった。

たかだか三年のことだ。だが、時間ではなかった。私と妻の美紗にとってその三年間、奈津子は娘も同然だった。妻を亡くしたあと、彼女と再会し、またいっしょの時間を持てたおかげで絶望の淵から生還できた。

自殺という言葉が脳裡に何度も浮かぶ。

何が奈津子をそこまで追いつめたのか。

幸せなはずだった。

いや、これから本当に幸せになるはずだった。それなのに、どうしてなのか。

溜息《ためいき》を投げ、眉根を寄せて、あらぬほうを見た。

大勢の通行人が影となって、私の前を足早に行き交っている。

ようやくベンチから立ち上がった。

喉が渇いていた。

駅に近い中通り商店街入口にある喫茶〈向日葵《ひまわり》〉に入る頃、アーケードの上に、真夏の太陽がギラギラと光っていた。

自動ドアが開くと、卓上ゲーム機の騒音が私を出迎えた。

壁際のいくつかのテーブルに若者たちが座り、〈スペースインベーダー〉に夢中になっていた。

窓際のテーブルが空いていたので、そこに座った。まだ、モーニングサービスをやっている時間だったので、注文を取りに来たウエイトレスにそれを頼んだ。

グラスの水をすぐに飲み干してしまった。

それから煙草をくわえ、火を点《つ》けることも忘れて、刀根奈津子に関する想い出をたぐり寄せていた。少しでも死の原因を究明する糸口になるものはないかと考えた。まるでわからなかった。

入口近くのラックに新聞がかけられているのを見つけ、それを取ってテーブルに戻った。瀬戸内新聞の紙面をめくっていると、やがてホットコーヒーとサンドイッチが運ばれてきた。

社会面に奈津子の記事を探したが、載っていなかった。西村はニュースだといっていたが、けっきょく自殺なんてものは、世間ではありふれていて報道する価値もないのかもしれない。

新聞をたたんでから、窓外の商店街を行き過ぎる通行人をぼうっと見つめていた。

人の死が珍しくない時代を、私は幼い頃から知っていた。

しかし、彼女のことはことさら胸に堪《こた》えた。

昭和九年三月、私はこの街に生まれた。

岩国には海軍航空隊の基地があり、爆音を立てて頭上を飛行機が飛び交う中、幼い頃からここで育ってきた。七歳のときに戦争が始まり、周囲はすっかり軍事色に染まっていた。

しかし開戦からの戦勝ムードは長くは続かず、やがて戦局は悪化した。それは子供の時分の私にもよくわかった。近所の家には次々と赤紙が舞い込み、それぞれの家長や長男、次男が徴兵されて母や幼い子供らばかりの所帯になっていた。

私の父も陸軍の兵として北支《ほくし》戦線に送られ、一年と経たずに戦死の悲報がもたらされた。母は戦闘機の部品を作る工場で日夜働き、その間、私は八歳年上の姉に育てられた。

やがて終戦を迎えた頃、母はすっかり体を壊してしまい、あっけなく他界した。

姉は母の代わりに、紡績工場で働きながら私を学校に通わせた。

今にして思えば、戦争という異常な事態が、そのときは当たり前に日常に存在していた。

岩国は何度か空襲を受けた。航空隊の基地や軍需工場があったからだ。

遥か高空を飛ぶB29の編隊から、無数の木の葉のように爆弾が落とされ、それが斜めに流れながら、臨海地区方面に落ちていくのを見たことがある。岩国駅周辺が集中的に爆撃され、火の海になった。その真っ黒な煙が空に立ち昇っているのも目撃した。

姉の同級生だった女の子が機関車に乗っていて、グラマン戦闘機に空から機銃で撃たれ、大勢の乗客とともに亡くなったという話も聞いた。

私にとって戦争はそんな身近にありながらも、なぜか遠い国の絵空事のような気もしていた。

人と人とが殺し合いをする。そんなことが現実にあるとは思えなかった。

だが、父は帰らぬ人となり、母が亡くなったのも戦争のせいだった。

無力で小さな子供にとって、あらゆる運命をただ従容《しょうよう》と受け入れるしかなかった。つらかったり、寂しかったりした記憶はなぜかあまりない。いずれ自分も死ぬのだと、漠然と思っていた。

高校を卒業した私は、警察官の採用試験に合格し、巡査を拝命した。

その二年後、姉も肺病を患《わずら》って亡くなった。親戚は大勢いたが、ほとんど付き合いもなく、私は孤独な二十代を過ごしながら、警察官としての職務に打ち込んでいた。

美紗との縁は上司の紹介だった。その妻と死別し、そして今、娘同然に思っていた奈津子を失った。

私はひとりになった。


ふいに卓上ゲーム機の騒音が耳に戻ってきた。

喫茶店の窓ガラスを通して、外の往来を見ているつもりだった。

しかし、私はそのガラスに映る私自身の顔を、いつの間にか凝視《ぎょうし》していた。

過去のいっさいが幻影のように思われた。

私は常に死とともに生きてきた。

家族や大切な人に、次々と先立たれていた。

死は避けられぬ運命。

だとすれば、この私自身はなぜ、こうして廃人寸前になりつつも、まだのうのうと生きているのだろうか。

答えが出るはずもなかった。

コーヒーカップを手にして、すっかり冷めてしまったコーヒーを飲み干した。

西村のことを思い出した。

私の職場に電話を掛けてきて、奈津子の訃報を知らせてくれた友人だった。

少し迷ってから、私は席を立ち、店のレジ脇にあるピンク電話に向かって歩いた。

＊

小さなテーブルで向かい合って飲み始めてから、私と西村亨との間に、しばらく会話がなかった。

ふたりで煙草を吸いながら、立ち昇る紫煙《しえん》を意味もなく見つめていた。

「彼女に会ってきたのか」

友人の声を聞いて、私は目を向けた。

紫煙が西村の頬を撫《な》でつつ立ち昇っている。

私が辞職して以来、何度か会って、こうして飲んだりした。それなのにふと見れば、前よりも少し太っているのに気づいた。

「あれからすぐに国病に行った。眠ってるみたいにきれいな顔だった」

「そうか」

また会話が途切れ、重い沈黙が流れた。

「彼女の自殺の理由はわかったのか」

すると西村は私の顔を見た。それから振り払うように顔を背《そむ》けた。「いや」

「奈津子は父親に似て、意志の強い娘だった。自分で死ぬような子じゃない」

「俺も何度か見かけたぐらいだが、その気持ちはわかるよ」

西村はビール、私は濃いめの水割りをもう三杯も飲んでいた。しかし、酔えなかった。

アルコールの刺激が、感情を癒《い》やすどころか、心の奥底からさらに哀しみを引き出してくるような気がした。

「刀根には？」

「会えなかった」

首を振って、そう答えた。

しかしあそこで父親の刀根真太郎《しんたろう》に会ったとして、何と声をかければよかったのだろうか。

むしろ会わなくてよかったかもしれないと、心の中でひそかに思った。

また、沈黙が戻ってきた。気まずい空気のせいか、話の接《つ》ぎ穂《ほ》を失っていた。

「ところでお前、警察辞めて何年になる」

西村が話題を逸《そ》らしてきた。

「五年……だな」

「五年も経つか。それにしても老けたな。四十五には見えんが」

西村はそういって煙草の火口を赤く光らせた。

私はかすかに眉根を寄せた。鏡を見るたびに自覚している。白髪が増え、口元のほうれい線が濃くなり、目尻に皺も深く刻まれている。中年というより、初老といったほうが似合う顔だ。

「五十五の定年まで勤め上げて、円満退職するつもりだった」

「貧乏クジを引かされたんだよ。運が悪かっただけだ」

西村はそういってアルミの灰皿に煙草を横たえ、無精髭《ぶしょうひげ》を掌《てのひら》で擦《こす》ってから、ビールの入ったグラスをあおった。喉仏が音を立てて上下している。

「運か……」

そういった私を、今度は西村が横目で見た。「他に何といえばいいんだ」

私は答えず、ハンカチで首の後ろを拭いた。

人生を縛《しば》るのがしょせん運不運だとすれば、私や奈津子は何と恵まれぬ人生だったろう。

西村はグラスをカウンターに置いた。

「ところで、あんな作業所で働いて、お前、食っていけてんのか？」

私はうなずいた。

「何とかな」

嘘ではなかった。

妻が遺《のこ》してくれた生命保険金を切り崩して、私は生活をしていた。

あそこで働くのは、雀《すずめ》の涙ほどの賃金を得ることが目的ではない。何もせずにいたら、そのまま朽《く》ちていくことがわかっていたからだ。みすぼらしいアパートの部屋で、いずれ身寄りのない老人のように孤独死となった姿で発見されるだろう。

私はハイライトのパッケージから一本取り出した。テーブルの上でトントンと上下させて叩くのは、昔からの癖だ。指に挟み、くわえると西村がライターの火を寄越した。

煙を吸い込み、ゆっくりと吐いた。

グラスのウイスキーを飲んだ。氷がかすかな音を立てた。

米軍基地の正面ゲートに近い、国道一八九号——地元では空港通りと呼ばれる道路沿いにある、〈シーキャンプ〉という名の小さな店だった。西村のお気に入りの一軒らしい。数名いる客はほとんどがアメリカ人だ。飲み屋だが喧騒《けんそう》はない。静かにグラスを傾け、紫煙をくゆらしつつ飲む、そんな常連ばかりのようだった。

マスターは無口だった。白シャツに蝶ネクタイ。眉が薄く、針金のように痩せ細っている。

表情もほとんどなく、客の注文に頷《うなず》き、酒を出すだけだ。

目の前のテーブルには、西村がキープしていたスコッチ・ウイスキーが置いてある。〈オールドパー〉と印字されたラベルを意味もなく見つめた。

現役の警察官だった頃は酒を飲む暇もなかった。

こんな田舎町の署でも刑事課の捜査員は多忙だった。広島のヤクザの抗争が県境を越えて、こっちまで飛び火していたからだ。複数の事件を扱うことも多く、そういうときは、ろくに家に帰れず、妻を家でひとりきりにさせていた。

もともと出世に縁のない人生だったが、五年前、あることで離職するはめになった。階級は巡査長止まりだ。

西村は広島に本社がある瀬戸内《せとうち》新聞の記者だった。四年前から岩国支局に勤務している。

警察官と新聞記者。彼はずっとサツ回りの担当だったし、事件のたびに広島の本社から岩国に出向することも多く、現場で出会うことはしばしばあった。

私は離職後、知人の紹介で警備会社に勤めていた。それから二年後、妻を病気で亡くした。

ふぬけのようになった私は、仕事のミスが続いてけっきょく馘《くび》になった。

しばらく魂が抜けたように無気力な日々を送っていたが、さすがに生活がなりたたず、今の職場である港近くの小さな運送会社で働くようになった。そんな私を西村は何かと気に掛けてくれていたようだ。

氷をグラスに入れて、ウイスキーを注いだ。琥珀《こはく》色の液体をたっぷりとグラスの中程まで。水で割らずにそれを口につけた。強烈な刺激が喉を伝って下りていく。

「ずいぶんと飲むじゃないか」

西村にいわれ、私はグラスを置いた。「弔《とむら》い酒だ」

いつの間にか、酔いがまわっていた。だが、まだ飲めるし、トイレにも立って行けそうだ。

孤独な中年ひとりが酒でくたばるのも悪くないだろう。

「変わったな、お前」

私は応えず、湿った唇に煙草を差し込んだ。

煙を吸い込み、ゆっくりと鼻から洩らす。頬杖を突きながら視線を移した。

店の奥に広めのカウンターがあった。右端に若い男がひとり、止まり木に座っている。なぜかその姿だけが周囲から切り取ったようにはっきりと見えていた。日本人のようだった。猫背気味の上半身を黒いジャケットに包んでいる。その向こうに紫煙が立ち昇っている。

いつしかまた、奈津子の死に顔が心を占めていた。

その幻影を私は振り払った。向き直って、西村にいった。

「署にはまだ出入りしてるのか?」

彼はうなずいた。

「今は秋山《あきやま》が副署長だ」

「刑事課長だった秋山か? 相変わらず出世の亡者《もうじゃ》だな」

「で、今の課長は沖田《おきた》だよ」

「なるほど秋山の太鼓《たいこ》持ちがか」

私は煙の中で少し笑った。

またカウンターの端に座る若い男の後ろ姿に目が行った。

気になった。黒いジャケットは麻のようだ。下は細身のジーンズ姿だった。

ひとりで飲みに来る客は珍しくないだろうが、なぜだか気になったのだ。とくに理由はないが、どこか刺々《とげとげ》しいような雰囲気を漂わせている。

「どうした」

西村が訊いてきた。

「どうも、さっきからあいつのことが気になるんだ」

西村は私の視線を追った。「刑事を辞めても、癖は抜けんな」

彼はそういい、また新しい煙草をつまんだ。

「もしや、あいつのことを？」

私が訊くと、西村はかすかに眉根を寄せた。


そのとき、ふいに店の入口のドアが軋《きし》んで開いた。

八月の熱い夜気とともに客が入ってきた。

大柄な白人がふたり。ひとりは胸に爆弾のイラストを描いた赤いＴシャツを着ている。爆弾の横には、『NUKE IT!（核でやっちまえ）』の文字がある。ひと目で米兵とわかる。ふたりとも髪型がクルーカットで体格がいい。

騒々しく店の奥まで踏み込んでくると、カウンターの止まり木に座るや、どちらも丸太のような腕をカウンターに置いた。鼻の頭が赤く、目も血走っている。濁声を交わし、すでできあがっている様子だ。

せっかくの静かなバーも、これで台無しになりそうだった。あの黒い麻のジャケットの若者は、ふたりの反対側、いちばん端の席に座っていた。私たち以外の日本人は、彼ひとりだった。さっきまで猫背気味にかがみ込むように座っていたのが、身を起こしていた。

乱入するように入ってきた騒々しい白人ふたりを睨んでから、また前を向いた。

若者は、見たところ、二十歳代前半。頬の落ち窪《くぼ》んだ顔と、よく光る鋭い目が気になった。やや長めの髪を後ろに撫でつけ、厚い唇に、煙草を張りつかせている。

その若者の左眉の上に、大きな傷跡があるのに気づいた。前髪で隠れ気味だが、斜めに長く、白っぽい傷だった。

喧騒が高まった。

店にやってきたあの米兵たちが、マスターにクアーズを注文し、瓶のままあおり始めた。呂律《ろれつ》の回らぬ口調でお互いにわめきあっている。FUCKやSHITなどの下品な単語が、いやというほど耳に残った。

あのふたりが辺りをはばからぬ濁声を放っていた。静かだったこのバーに、完全に自分たちだけの世界を作り出してしまっている。他の外国人客たちも、何人かが不快な顔でふたりを見ている。

西村はわざとらしく咳払いをした。

ふいに煙草の煙が苦くなった気がして、いくらも吸ってないのに、灰皿の中で揉み消した。

「椎名」

西村が不安そうな声を洩らした。「ぼちぼち出るか」

私は頷いた。

すでにキープしたボトルの半分近くを飲んでいた。充分すぎるほど、酩酊《めいてい》していた。

だが不幸にも店を出る機会はなかった。

騒いでいた白人のひとりが立ち上がると、横にいた相棒のTシャツの胸ぐらを摑んだ。

何かを叫んだかと思うと、いきなりそいつを殴り倒した。

店内の空気が張り詰めている。

「HEY!」

また、白人の米兵が叫んだ。

怒りの矛先が、今度は店のマスターに向けられているのがわかった。

痩せ細ったマスターは、マネキンのように無表情で、冷ややかな視線を彼に投げかけ

米兵はそれが気に食わなかったのだろう。早口で悪口をまくしたてる。ずいぶんと汚い英語が混じっていた。

イエローモンキー、マザーファッカー等々。

だがマスターはいっこうに動じない。相も変わらず、案山子《かかし》のような無表情さで、得体の知れない東洋人を演じている。鈍感なのではなく、どこか場馴れした感じがした。

「SHIT!」

奴はまた叫んで、丸太のような腕を振り、自分の前にあったビール瓶やグラスを薙《な》ぎ払って床に落とした。街じゅうが目を覚ますような派手な音がした。どうやら西部劇のワンシーンを、ここで演じて見せるつもりらしい。

殴り倒された相棒は、大の字になって床に伸びていた。鼻血が床まで伝っている。

アメリカ人の客ら数名が緊張の面持ちで見守るなか、その大柄な米兵は自分をアピールしたいのか、聴衆を前にしたリンカーンよろしく演説をぶち始めた。ただし例によって、聞くもおぞましい罵詈雑言《ばりぞうごん》の羅列である。

俺にかかってこい。彼はマスターに向かって叫んだ。

イエローモンキーめ。お前たちはベトコンと同じだ。ずる賢い猿ども。

ガタン。

後ろで音がした。ストゥールが倒れる音だ。

振り返って見ると、あの黒い麻のジャケットの若者が立ち上がるところだった。

「もう一度、いってみろ」と、その若い男は日本語でいった。興奮した口調ではない。むしろ落ち着いたふうに聞こえた。

「何とかいえよ、白ブタ野郎《ホワイトピギー》！」

その言葉はたちまち効果を現わした。米兵の顔が怒りで真っ赤になった。

若者はおもむろに大股で歩き、白人の巨漢の前に立った。

怒りに火を噴きそうな白人に対し、黒ジャケットの若者は醒めた顔をしていた。

白人が拳《こぶし》をかざした。

勝負は、一瞬にしてついた。

風を切って繰り出された米兵のフック。若者はすっと身を屈《かが》めてそれをよけ、だしぬけにアッパーカットを突き上げた。巨漢の顎《あご》にまともに入った。拳と骨がぶつかる異音がはっきりと聞こえた。

人間が――それもあんな大男が、殴られて吹っ飛ぶという事実を、私はそのとき初めて知った。長らく警察畑にいても、そのようなトラブルにはめったにお目にかからなかった。

それにもまして目の奥に焼き付いたのは、鮮《あざ》やかな彼のパンチだ。鞭《むち》のように鋭く、肉を断つ、すさまじい一撃だった。

アメリカ人は壁に叩きつけられ、丸太のように重たげな音を立てて床に転がった。静寂が戻ると、若者は乱れた髪をかき上げた。不機嫌そうな顔で倒れた男を見下ろしていたが、両手の拳を解き、カウンターの席に戻った。

椅子を少し引いて座ると、マスターがオン・ザ・ロックを彼に差し出した。黙ったままだった。

まるでシナリオに書かれた筋書きを見ているようだった。

「たまげたな」

私の声に、西村は苦笑いを返した。

「出よう」

西村がささやいた。

私はカウンターの奥にいるマスターに目配せをした。

酔った躰を持ち上げるように、何とか立った。ズボンのポケットから財布を出そうとすると、西村が止めた。「ここは俺が出すよ」

「すまん」

西村がレジ前で金を払い、釣り銭を待つ間、私の視線はカウンターの端にいる若者から離れない。猫背気味に座って横顔を見せたまま、自分のグラスを凝視している。やはり興奮した様子はなく、むしろ醒めた表情だった。

米兵たちは床に転がったままだ。ふたりとも、完全に気絶していた。

他の客たちがまだ恟々《きょうきょう》とした様子で見ている。

「行くぞ」

そういって店を出る西村に、私は続いた。

外へ出ると、むっとした熱気が包み込んでくる。

昼間の暑さがアスファルトにわだかまって残っていた。八月の熱い夜気だ。色とりどりの猥雑《わいざつ》なネオンが並ぶ街路が、湿った夜に横たわっている。

山口県岩国市。在日米軍の海兵隊の基地がある街。

基地正面ゲートに向かう道の左右には、同じようなバーやスナック、雑貨店、軍の放出品を扱うサープラスショップなどが並んでいる。路上をゆく人間の多くは、その基地に勤務する兵隊たちだった。だらしなく酔っ払い、無邪気に騒いでいる。

ここは国道一八九号線。地元の市民からは、基地通りあるいは空港通りと呼ばれている。全長が三七二メートルという、全国で二番目に短い国道である。

途中で交差する国道一八八号線を、けたたましくクラクションを鳴らし、耳障《みみざわ》りな爆音を立てながら暴走族が走り去っていく。幟《のぼり》を立て、派手なクラクションを鳴らしながら蛇行する彼らの車列が、いつまで経っても途切れない。

私は茫然と交差点に立ち尽くし、それを見ていた。

「奴のこと、訊いたよな」

ズボンのポケットに両手を突っ込み、西村がいう。

私は彼に肩を並べてからいった。

「ああ」

「安藤光一《あんどうこういち》といって、近頃ちょいと知られるようになった愚連隊《ぐれんたい》のひとりだ。前科もある」

聞いたことがなかった。

「お前が現役のときにパクった大野木《おおのぎ》を覚えてるか」

頷いた。

「少し前まで、安藤はあいつんところに出入りしてた」

大野木重光《しげみつ》は表向きは流通業者だが、米軍基地のとある部署にコネを持ち、市内や市外に武器や覚醒剤などを流していた。米軍相手ともなると警察もなかなか手が出せないため、密売の元を断つことができずにいた。

変わった男だった。いつもライダータイプの革ジャンを着ていて、まるで駄菓子屋の商品棚のように大小さまざまなワッペンをそこに貼り付けていた。プロレスラーみたいな巨《きょ》軀《く》の持ち主で、それにふさわしく牛のようにでかいハーレイ・ダビッドソンにまたがっていた。

私が大野木を逮捕したのは、まったくの別件だ。

今夜のように、飲み屋で酔っ払って喧嘩したところに、たまたま居合わせていたのだ。暴行傷害の現行犯だった。けっきょく、密売に関しては何も白状せず、微罪で放免となってしまった。

「大野木はまだ現役なのか?」

「相変わらず、めったに表には出てこんがな。ただし、安藤とは切れたという話は聞いた」

「じゃあ、今、安藤って奴は何をやってるんだ」

西村はふっと何かをいいかけて、口をつぐんだ。

「しばらく稲田《いなだ》組の厄介になってたらしいが、今は知らん。とにかく、あんな奴には関わらないほうがいい」

「稲田組……まさかあの刀根と繋《つな》がりが？」

「さあ、どうかな」

私は彼の横顔を見たが、また目を離した。いいよどむような口調が気になった。

「腑《ふ》に落ちないな」

西村が私の顔を見た。「何が、だ？」

「実はな、国病で寺崎に出会った。早々に追っ払われたが」

西村の顔が険阻《けんそ》な色合いを帯びた。

岩国東署の寺崎に関する噂は、さすがによく知っているようだ。醜聞《しゅうぶん》のニュースはそれでなくとも広まるのが早い。

「なぜ国病に？　刀根はともかく、娘とは関係ないはずだが」

「あそこで刀根が来るのを待っていたようだった」

西村は虚《うつ》ろな目で遠くを見ている。その横顔を私は見つめた。

「なあ。稲田組に何かあったんじゃないか？」

「知らん」

虚ろな目のまま、彼がいった。

「正直にいってくれないか」

西村はかすかに首を振った。「何もないって」

そういって彼が歩き出した。足早に交差点を突っ切った。

ちょうどタクシーがやってきたところだった。

彼が乗り込んだタクシーが去っていくのを見送ってから、仕方なく踵《きびす》を返した。

相変わらず、心が重かった。

奈津子の死を引きずっている。

いくら飲んでも、酔っても、その事実が消えることはない。

私はハンカチで汗を拭き、自分の住む安アパートに向かって歩き出した。泥のように眠りたかった。しかし眠れそうになかった。

2

小糠雨《こぬかあめ》が街を蒼く染め上げていた。

メモリアルホールの受付近くには黒い花輪がふたつ。読経《どきょう》の声は、表通りを走る車の騒音にかき消されそうに聞こえる。

広いホールのいちばん奥に祭壇がしつらえられ、花に埋もれた白木の棺《ひつぎ》があった。その向こうに立てられた刀根奈津子の遺影は白黒写真だった。大きな瞳でこっちをじっと見ている。

葬儀に来ているのは、ぜんぶで十三人だ。血縁親族といった関係の人間が数名。あとは不動産や保険など、義理でつきあうだけの存在らしい。いわばこれはひどく寂しい葬儀だった。

白シャツに腕章をつけた西村の姿があった。

少し離れたところに立ってカメラを首からぶら下げているが、写真を撮ったりの取材はせずに、ただそこにいるだけに見えた。

奈津子の父親、刀根真太郎は棺の手前に置かれたパイプ椅子に喪服姿で座っていた。五十前後の、がっしりとした体軀《たいく》の男だ。その顔はブロンズの彫像のように無表情を凍り付かせている。それでいて凜《りん》とした気迫を放ってさえいるように見える。

あのブロンズのような仮面の下に、痛ましいばかりの悲しみを塗り込めているのか。

私はときおり刀根の姿を横目で見ながら、低い読経の声に耳を澄ましている。

奈津子の婚約者だった人物が来ているかと思ったが、それらしい人間は見当たらない。

当人に会ったことはないが、市内の石油化学関連の企業に勤める人物で、八木沢《やぎざわ》という名だけは聞いていた。

どういう理由で婚約破棄に至ったかは判然としないが、破談となったら、そこでもう他人だということなのだろうか。それではあまりに冷たすぎる。

静寂が訪れ、焼香が始まった。

私の順番が来て、棺の中、無数の花に埋もれて横たわった彼女の傍に立った。

遺影の中の奈津子の顔は、国病で見たときのままだ。眠っているようだった。

焼香をし、両手を合わせて黙禱《もくとう》し終えると、棺に背を向けた。ホールの入口付近に人影があった。西村がそこに立っていた。

やがて葬儀社の担当が、マイクを握って告別の挨拶を始めた。

*

「あんたに相談がある」

取調室で向かい合わせに座った刀根真太郎が切り出したとき、私にはわかっていた。

刀根の悩みはひとつしかなかった。

娘のことだ。

刀根がいた稲田組は、同じ市内にあって広島の桜会《さくら》の傘下《さんか》だった榎本《えのもと》一家と抗争を続けていた。繁華街にある料亭前で組長の稲田信雄《のぶお》が刺客《しかく》に狙われたとき、躰を張って稲田を守った刀根は、相手の若いチンピラの右腕を匕首《あいくち》で切り落とした。

刀根は駆けつけた捜査員に、その場で現行犯逮捕された。

手錠をかけたのは岡田《おかだ》という私の同僚だったが、刀根の取り調べは岡田とともに私も担当になった。

私は稲田組の何人かの組員とは顔なじみだったが、とりわけ刀根に近づいていた。

最初は監視対象として接近した。稲田組の構成員の中でも、とくに危険な人物とされていた。だが、何度も刀根と会って話しているうちに、奇妙な感情が心の中に芽生えていた。

あえていうなら親近感だろう。

もとより刀根という男に個人的な興味があった。

寡黙《かもく》で、頑迷《がんめい》なところが、ヤクザというよりもまるで昔気質《むかしかたぎ》の職人のようだった。それでいて、内に秘めた情炎が見え隠れしていた。危険な人物だといわれていたが、けっして粗暴だったり狂気に走るタイプの人間ではない。むしろ知的で、洗練された中に独特の風格を漂わせていた。

そんな刀根も、刑事たちの中で、なぜか私にだけは口を利《き》いた。何度か、ふたりで飲んだこともある。

警察官とヤクザといえば仇《かたき》同士みたいなものだが、そんな互いの立場を超えたものが、私たちの間にはたしかにあった。

だから、彼は私に頼んできたのだろう。

懲役五年が確定したとき、刀根は自分のひとり娘の身を案じた。

そのとき、奈津子はまだ十三歳だった。

彼女が小学四年のとき、交通事故で母親を亡くした。以来、父と娘のふたりきりで生活をしていた。いや、ヤクザだった刀根がちゃんと親としての義務を果たしていたかどうかは不明だ。だからこそ、奈津子は小さな頃から独力で生き抜くすべを覚えたのかもしれない。

しかし五年の間、たったひとりの親が不在となると話は違う。

弁護士は児童養護施設に彼女を入れるべきだといったが、刀根は首を振った。

奈津子は生前の母から家事のいっさいを教わっていたため、日常の生活に支障はない。

それでも年端《としは》のいかぬ娘ひとりで暮らさせるのは、やはり不安だったのだろう。

だから彼は私に頭を下げた。

刀根が入所すると同時に、奈津子は私たち夫婦が預かった。

美紗との間に子供がなかったため、妻も我が子のように奈津子をかわいがった。

けっきょく五年の刑期を三年で終えて、刀根が出所するまでの間、奈津子は私たちの家から中学、高校と通っていた。本音をいえば、このまま奈津子を刀根のところに戻したくなかった。

だが、どんな事情があれ、親子は親子である。

奈津子もいつまでも私たちを頼り、甘えているわけにもいかないと思ったのだろう。

自分から父の元に戻っていった。

私たちが刀根の娘を預かっていたことは、署内で問題視されていた。私の処遇について、いろいろと話し合いが行われたらしい。

秋山刑事課長が榎本一家から賄賂《わいろ》を受けていることが発覚したのは、その頃だった。署長を始め、上層部は将来のある秋山を守るために、すべての罪を私に着せ、ただし、その罪を問わぬという条件で警察から追放したのだった。

その二年後に妻が亡くなり、私は絶望のどん底に突き落とされた。

しかし、人づてに奈津子が婚約をしたという話を聞いたとき、私は嬉しかった。

奈津子も、ようやく本当の幸せを摑めるのだと思った。

＊

霊柩車《れいきゅうしゃ》が長いクラクションを鳴らし、ゆっくりと場外に出て行った。

喪服の参列者たちはそれぞれ傘を差して見送っていたが、やれやれといった表情で帰り始めた。私はひとり、濡れた石畳の上に立ち尽くしていた。

「何で葬式の日ってのは、いつも雨なんだろうな」

西村が私の隣でつぶやいた。

真っ黒なコウモリ傘を差していた。

今の言葉は、私に向けられたわけではなさそうだった。

傘の下から灰色の空を見上げ、彼は目を細めていた。

「刀根とは何か話せたのか」

「いや」

相変わらず彼との間に会話はなかった。それどころか視線も合わなかった。

西村は霊柩車が去っていった道路を見つめていた。黒い傘の先からしたたる雨滴《あまだれ》が肩を濡らしている。

「椎名高志は刀根真太郎に入れ込み過ぎた。あの頃、警察の中ではそういわれてたな」

「ああ」

うなずいた。

霊柩車といっしょに去っていった刀根の横顔は、相変わらず無表情だった。

それが気になっていた。いっさいの感情を押し殺した顔の中に、いわくいいがたい不安を感じた。

「本当に自殺だったのか」

「間違いない」

「まさか、彼女の婚約が破談になったと聞いたが、そのことで……？」

「いや。わからんが、それはもう一年も前の話だったからな」

私の声を聞きながら、西村は街を濡らす雨を見ている。

「事実を知りたいんだ。奈津子の死について」

「それを知って、あんたは気がすむかもしれんが彼女が生き返るわけじゃない」

「このまま生きていても、私は腐っていくだけだ」

すると西村は不安そうな顔でいった。「とにかく下手につつくな。警察を辞めたお前が、今さら出る幕はない」

ふいに彼は私に背を向けた。

まるで昨夜と同じような別れ方だった。

傘を差しながら、足早に歩き去っていく。その後ろ姿を見つめていた私の視界の隅に、別の人物が映り込んだ。

車道の反対側。電器店のすぐ近くの歩道に痩せた人影があった。

傘も差さず、降りしきる雨の中に立っていた。

黒い麻のジャケット、細身のジーンズ。

あの〈シーキャンプ〉で見かけた若者だった。たしか安藤光一とかいった。

なぜ、ここに？

そう思ったとき、安藤が歩き出した。

「おい。君――！」

声をかけたが、彼は足を止めなかった。

ジーンズのポケットに両手を入れ、猫背気味になって、素早く歩いていく。道路を渡って彼に追いつこうと思ったが、ちょうど信号が変わったらしく、車が何台も前を通過した。

私は焦りながら待った。

ようやく車が途切れたので、急いで道路を渡った。

彼の姿はなかった。

路地を曲がったのだろうと思って、曲がり角を折れたが、あの若者はどこにも見えなかった。

私は茫然と傘を持ち、シトシトと降り続く雨の中に立ち尽くしていた。

＊

妻の美紗との関係が良好だったとはとてもいえない。

夫の私が仕事で家に戻れず、いつも不在がちだったことが、お互いの亀裂の原因であったのはたしかだ。ふたりの間に子供が生まれなかったため、美紗は生きる目的を失いつつあった。ひとりぼっちで家にいる、そんな空虚な毎日に嫌気が差し、パートに出たこともあったが長続きはしなかった。

まれに私が帰宅しても、美紗は不機嫌な顔で溜息ばかりついていた。

些細なことが原因で口喧嘩になることもあった。

彼女の不満の原因はわかっていた。しかし、私はあえてそのことに触れずにいた。仕事だから仕方ないのだと思っていたし、妻というものはそうした夫の事情を理解するべきものだと思い込んでいた。

だから、別れたいと切り出されたときには驚いた。

しかしながら、そんな彼女の言葉をはねつけるほどの動機が私にはなかった。曖昧《あいまい》な返事しかしなかったが、近いうちに互いが袂《たもと》を分かつ日が来るのだろうと漠然と感じていた。

そんなときに刀根からの申し出があった。

私はそれを引き受けた。

現職の警察官が被疑者、それもヤクザの娘を預かる。そんなことが許されるはずがなかった。しかし妻との不仲を解消して、壊れかけたふたりの生活を取り戻すにはそれしかなかった。

だから職場ではそのことを明かさなかった。

初めて我が家に連れて行った日。まだあどけなかった奈津子の姿を初めて見たときの美紗の驚きと、ほころんだ顔を私は今でもよく憶えている。

中学二年の刀根奈津子は、セーラー服姿で美紗の前で頭を下げた。

人形のように可憐で、あどけない十三歳の少女。

まさしく不遇な夫婦に天がもたらしてくれた奇跡のようだった。

それからの三年、美紗は甲斐甲斐しく奈津子の世話をし、本当の母子のようにともに時間を過ごしていた。私が早く帰宅できる日は、食卓に笑い声がして、まるで幸せな家族の団欒《だんらん》のようだった。

中学三年になると、奈津子は受験をひかえて勉強をし、翌春には希望する高校に入学した。

私は何度も刑務所を訪れ、父の刀根真太郎に娘の近況を報告した。

刀根はそのたびにうなずき、私に娘を託して本当に良かったといった。

その頃から署内に噂が流れ始めた。

刑事である私が被疑者だったヤクザの娘を養子のように育てている。

むろん法的には何の問題もない。しかし、道義的にそれは許されることではなかった。

いずれやってくる奈津子との別れを、美紗は覚悟していたようだ。

奈津子が十六歳の誕生日を迎えて間もなく、刀根は出所した。

その日は三人でつましい食事をした。

いつもの明るい会話がなく、奈津子はときおり指先で目尻を拭っていた。しかし美紗はずっと笑っていた。また、いつでも遊びにいらっしゃいと声をかけた。

それから私が車で奈津子を刀根の家に送った。奈津子の部屋の家具などは、翌日になって運送屋のトラックで運んでもらった。

奈津子がいなくなった私たちは、また冷え切った夫婦関係に戻るかと思っていた。

しかし、美紗は明るく振る舞った。

まるで以前とは別人になったように、私を仕事に送り出し、彼女自身は市内の印刷会社の事務職を得て、毎日、働きに出るようになった。

私たちの平穏な日々は続いた。

ずっとその先も続くものだとばかり思っていた。

＊

オレンジ色の夕空を斜交《はすか》いに横切り、Ｆ４ファントムが黄金色の飛行機雲を引きながら飛んでいた。ジェットの爆音は飛行機本体よりもだいぶ遅れた場所から聞こえてくる。

作業所の仕事を終えて、私はひとりブラブラと歩きながら帰途についていた。

今朝からずっと奈津子のことを考えていた。

あまりにも急なことだったし、私の中では気持ちの整理がついていなかった。彼女の死に顔をたしかに見たのに、まだその死が実感できずにいる。

たかが三年だったが、彼女の存在は私たち夫婦の中では大きかった。

奈津子が去った翌年、私の退職があって生活が一変し、それから二年後、美紗が病に倒れた。子宮癌だった。担当医から末期だといわれ、入院してたったの半年で妻は帰らぬ人となった。

死に意味や理由を考えても仕方ない。

死は死でしかない。

それはわかっていても、ふたりの死についてさまざまな想いが脳裡をめぐる。無駄なことだとわかっていても、私の心を占める虚無感は去ろうとはしないのである。

気がつけばコンクリの長い橋の袂に立っていた。

連帆橋《れんぼばし》という名だが、大昔の渡り賃から一銭橋《いっせんばし》とも呼ばれている。中央付近には細長い石灯籠《いしどうろう》が欄干の上に立っていて、橋の幅が少し広くなっている。そこに立って、薄汚れたような今津《いまづ》川の川面《かわも》を見下ろすのが私の癖だった。

妻の美紗を亡くしてから、雨さえ降らなければ、この橋で時間をつぶしていた。

今の職を得てからも、仕事が終わって歩いて帰宅する途中、少し遠回りをして、この橋にやってきた。

ひとり欄干越しに下を覗き、水にたゆたう波の複雑さに見とれた。

水の深みには幾多の魚影が動いている。ときおり水面下で銀鱗《ぎんりん》がキラキラと光る。

流れに浮かぶカイツブリが三羽、水中で銀色の光を放つ魚を狙っている。眺めているうちに、ダイバーのように一羽がクルリと反転し、水面下に潜《もぐ》る。しばらくすると、何事もなかったかのように近くに浮かんでくる。

岸に近い浅瀬には白いサギが、おのが姿に見惚《みと》れるように片足立ちをし、じっと川面を見つめていた。

私は飽きもせず、ただ漫然と川を眺めていた。

心がすさみ、酒に溺れ、暮らしも荒れていた。白髪が増え、顔に皺が刻まれ、鏡の中の自分はまるで老人だった。四十五歳とは思えぬ、ひどく疲れ切って末期の病人のように生気を失った目が、じっとこちらを見ていた。

それでも妻の死から三年が経ち、心の疵が、少しずつだが癒えようとしていた矢先だった。

なぜ、今度は奈津子までが？

子供のはしゃぐ声がしたかと思うと、虫取り網を持って自転車に乗った数人の少年たちが、私のすぐ後ろを走り抜けていった。

二年前、一九七七年の夏。

私はここで奈津子と再会した。

いつものように欄干にもたれ、煙草を吸いながら川面を見ていた。ふと顔を上げると、向こうから、ひとりの若い女が歩いてくるのが見えた。

白いワンピースに、大きな麦藁《むぎわら》帽子をかぶり、赤い自転車を押していた。

もしやと思ったが、やはり刀根奈津子だった。

色白の丸顔に、遅れ毛がかかって、爽やかな風に揺れている。

私の姿を目に留めると、彼女は足を止め、小さく頭を下げてきた。私も他人行儀のように、ぎこちなく頭を下げた。

高校を卒業して何年になるだろうか。久しぶりに見た彼女は、やけに大人びていた。

奈津子は、私のいるところまで自転車を押してやって来た。タイヤの空気が抜け、コンクリの路面でガタガタと音を立てている。

「椎名さん。こんにちは」

私は黙って頷いた。

「よく、ここに来ているんですね」

そういわれて奇異に思っていると、奈津子が笑った。

「学校帰りに、いつも向こう岸から見てたんですよ。あ、またあそこに椎名さんがいるなって」

「そうか」

「私の父も、暇さえあれば門前川《もんぜんがわ》に行ってます。釣りをしてるみたいです」

「刀根さんが釣りをするとは意外だね」

「いつもろくに魚なんか持ち帰ったことないのに」

そういって奈津子は小首を傾《かし》げるように笑った。

「それにしても、えらく見違えたな」

「私、もう二十歳です。あれからもう五年近くになるんですよ」

「そうか……そんなになるのか」

奈津子は少し肩を持ち上げ、また笑った。大人の女になったとはいえ、あの頃からの清楚な感じはいささかも変わっていなかった。しかし違和感もあった。その理由を悟った。

「少し痩せたかな」

彼女は口をつぐみ、少し下を向いた。

「実は、二カ月前まで入院してました」

「病気、それとも怪我《けが》か」

「心臓弁膜症《しんぞうべんまくしょう》っていって、心臓の弁がうまく動かない病気なんです」

よくはわからないが重篤《じゅうとく》な病気には違いなかった。

「治ったのか」

「大きな手術をすれば別だけど、さすがにむりみたいです。さいわい重症じゃないので、薬を飲んだり、栄養療法なんかでふつうの生活ができるって」

「しかし……それはつらかったな」

「でも父が、まるで別人になったみたいに優しくなって、ずっと私に付き添っててくれました」

「そうか」

彼女はまた屈託のない笑みを見せ、少し小首を傾げた。

「椎名さんも、何だか別人になったみたい」

「だいぶ老けたかな？」

奈津子の顔が少し歪んだ。

「美紗さんがお亡くなりになってから、もう一年になるんですね」

「男は弱いもんだよ。君も小さい頃、お母さんを亡くしているのに、父親とふたりで強く生きてきた」

「椎名さんと美紗さんのおかげでもあったと思います」

私はかすかに首を振る。

「ところで、その自転車、どうしたんだ?」

「川下に用事があって来てたんですけど、帰り道にパンクしちゃったんです。これから自転車屋さんに持っていくところ」

「重いだろう。私が押してあげよう」

「すみません」

「どうせ暇なんだし」

彼女はうなずいた。「ありがとうございます」

自転車のハンドルを持ち、私たちは歩き出した。

しばしふたり、黙って歩を運んでいた。

ときおり、彼女の横顔をそっと見る。きれいな瞳の中で、感情の起伏がさざ波のように揺れ動いているようだった。

「父が新しくお店を始めたんです」

ふいに奈津子の口を突いて出た言葉に、私は驚き、振り向いた。

「どんな店だね」

「ビリヤードです。中央通りの途中に、〈栄光〉っていう名前で看板が出てます」

店というから飲み屋か何かだと勝手に想像していた。

「ビリヤードとは、また驚いたな」

「地味なお店なんですよ。昔、父の知り合いだったという人が経営者だったんですが、ご病気で亡くなられてから、父が受け継ぐことになったんです。若い頃からよく球撞《たまつ》きをしてたって、初めて聞いたんですよ」

「そうだったのか」

「椎名さんはどうなんですか」

「そういえば私も、若い頃はよくやったな。今はルールどころか、きっと球の撞き方すら忘れてるだろう。君はやるのかい？」

「素人《しろうと》が真似をするとラシャを傷《いた》めるからって、父に禁じられてます」

そういうと、奈津子は少し肩をすぼめて笑ってみせた。

やがて橋を渡り終えた。

足を止めると、奈津子がいった。

「ありがとうございます。ここでけっこうです。すぐそこに自転車屋さんがありますから」

彼女はまた少し悲しげに笑い、私に代わって自分で自転車のハンドルを取った。

「それじゃ、また」

頭を下げた。

「店にぜひ来て下さいね」

奈津子にいわれ、私はうなずいた。「椎名さんなら、いつでも歓迎ですから」

「ありがとう。機会を見つけて顔を出すよ」

奈津子が頭を下げ、背中を向けた。

交差点を渡り、自転車を押してゆく後ろ姿を、しばし見送っていた。

さよならをいうのさえ、忘れていた。

刀根の店には一度も足を運ばなかった。

だからそれが、彼女と話をした最後となった。

＊

岩国市内を大きく蛇行しながら流れる錦《にしき》川は、瀬戸内海に注ぐ前に、今津川と門前川というふたつの川にわかれる。

その三角州の一端に、アメリカ軍海兵隊岩国基地がある。

国道一八八号線を離れ、空港通りを基地に向かって歩いていくと、街の様子はだんだんと猥雑さを増してくる。看板は英語だらけだし、通りを歩いている人も外国人のほうが多くなる。

基地には第十二海兵航空群を始め、いくつかの部隊が駐留し、一万を超えるアメリカ海兵隊の軍人たちとその家族が居留《きょりゅう》している。そんな大きな基地であるにもかかわらず、この街が案外と静かなのは、経済的な事情ゆえだ。

かつてドルが三百六十円だったご時世ならともかく、七九年七月——すなわち先月のレートは二百十六円まで下がり、おかげで基地にいるアメリカ兵たちは以前のように気軽に外の繁華街へとくり出さなくなっていた。

それでなくとも、基地内には酒場や飲食店はおろか、多目的ホールや映画館、ボウリング場などの遊興施設がそろい、ゴルフ場まで完備されている。

かつてのベトナム戦争の頃ならともかく、この時代の岩国の繁華街はきわめて平穏である。先日、〈シーキャンプ〉で暴れた兵隊のような連中は例外中の例外だといえる。

質素な木造りの扉を開けると、薄暗い店内のカウンターの向こうに痩せたマスターの姿が見えた。前と同じく白いシャツに蝶ネクタイで、グラスを磨いている。

私に気づくと、彼はまた無表情な顔を向けてきた。

開店直後らしく、客はいなかった。がらんとした店内に、カウンターが空虚に伸びている感じがした。板張りのフロアには埃ひとつなく、空気にも、まだ煙草の臭いは混じってはいない。

カウンターの中程にある止まり木のひとつに座ると、マスターが無言で水を差し出してくる。

ジョニー・ウォーカー黒ラベルをオン・ザ・ロックで頼んだ。

彼はアイスピックで氷を砕き始めた。手つきが馴《な》れている。スコッチ・ウイスキーと水の配分も正確に覚えてしまっているのだろう。マドラーで掻き回すと、コースターといっしょに差し出してきた。

ひと口飲んでから、グラスを置いた。

ゆっくりと〈シーキャンプ〉の店内を見渡した。

この前は酔っていたせいもあり、店の内装にはあまり注意を払っていなかった。

カウンターの向こう、バックバーの棚には、洋酒がいろいろと並んでいる。トイレのドアの横に、大きなゴムの木が太い鉢に植えられている。

店内をあらかた観察すると、することがなくなった。マスターは相変わらず、黙々とグラスを磨いている。まるで生まれてからこのかた、口を利《き》いたことがないといった感じだった。

重たげな沈黙に違和感を覚えていた。

客が他にいないせいもあるが、いったいなぜだろうかと思った。

何しろ前に来たときは、あの喧嘩騒ぎの幕間《まくあい》である。

安藤というあの若者のことを考えた。

鋭いパンチで大柄な米兵をぶっ倒した光景は、今も目に焼き付いている。それが今日、刀根奈津子の葬儀の場にいた。偶然、通りかかったようには思えなかった。

西村は安藤のことを愚連隊だといった。密売屋の大野木と関わったり、稲田組に厄介になっていたとも。

ふいにドアが開き、中年のサラリーマン風の日本人が入ってきた。スーツ姿でメタルフレームの眼鏡を光らせ、私を見てから、カウンターの左端のストゥールに腰を下ろした。

「前のボトル、まだ残ってたかな」

男がいうと、マスターは頷き、棚からフォアア・ローゼスを取り出した。

カウンターにバーボンのボトルと氷、チェイサーの水が入ったグラスが置かれると、男は自分のグラスにオン・ザ・ロックを作った。

まるで静かなこの店に溶け込んで同化するように、黙ってグラスを傾けて飲み、かすかに氷を鳴らした。それは一種の不文律《ふぶんりつ》であるように思えた。静かに酒を飲む、それがこの仕来《しき》たりなのかもしれない。

私はまたグラスを口につけた。そっと喉に流し込むと、ひんやりとした刺激が胃袋に落ちていく。

浴びるほど安酒を飲むこともあったが、ここではそうしたくなかった。

上品とか下品ではなく、この店にはこの店にふさわしい飲み方があるのではないかと思った。

葬儀のことを思い出していた。

奈津子の遺影が心に焼き付いている。澄み切った目をした娘だった。

いつしかその顔が、妻の美紗に重なってみえた。

突然、高熱を出して倒れ、救急搬送された先で美紗は子宮癌《しきゅうがん》と診断された。それも全身に転移をしていて末期だという。入院中の本人に私はそのことを告げなかったが、美紗はそれとなしに気づいていたのだと思う。

見舞いにいくたびに、彼女は穏やかな顔で私を迎えてくれた。

死に目には会えなかった。

私が働いていた警備会社に連絡があったのは、夜中の十時過ぎだった。駅前通りにあるデパートのガードマンとして、閉店後の夜勤パトロールを担当していたところに、同僚がやってきて妻の訃報を告げられた。押っ取り刀で病院に駆けつけたとき、すでに美紗は冷たくなっていた。

覚悟はしていた。

しかし、実際に妻の死を前に、私は狼狽《うろた》え、自分を失うほどに取り乱していた。

妻はおそらく倒れる前から、自分の行く末を予感していたのではないか。今にしてみれば、いろいろと思い当たる節がある。めったに風邪も引かなかった彼女が、ここ数年、何度か熱を出して寝込んだりした。顔色が冴えず、食欲もあまりなかったために、ずいぶんと体重が落ちていた。

もっと早くに私が気づけばよかった。

彼女を失って今さら後悔しても意味がない。しかし、何度となく過去に立ち返っては、そんなことを考えていた。

目の前に置いたオン・ザ・ロックのスコッチ。

氷がほとんど溶けて薄くなっていた。

私は吐息を洩らし、それをとって口に運んだ。

眼鏡をかけた男は、三十分と経たないうちにストゥールから立って勘定を払い、店を出ていった。

入れ替わるように、また扉が開いた。

音を立てて閉まった扉を背に彼が立っていた。前に見たときと同じ黒い麻のジャケットを着ていた。私と目が合ったとたん、かすかに眉根を寄せた。

そのまま店の奥まで歩いてきた。私の後ろを通り、おそらく彼の決まった席なのだろう、カウンターのいちばん右奥のストゥールにひっそりと腰かけた。

「いつもの奴をダブルで」

安藤が注文した。

マスターは棚からＩＷハーパーの瓶を取り、オン・ザ・ロックを作って紙のコースターに載せると、彼の前に差し出した。

静かな店の、いちばん暗くて目立たない席で、安藤は影のようになって座っている。

横顔に、陰翳《いんえい》が深く刻まれている。

ひと口飲んでから、安藤がゆっくりと振り向いた。左眉の上にある白っぽい傷に照明が当たって、やけに目立っていた。

「君とはよく会うな」

安藤は私をちらと見た。ジャケットの内ポケットから煙草を取り出した。

「会うのは三度目だ。偶然もそれだけ続けば偶然じゃない」

そういって彼はふっと笑い、軸の太いマッチを一本、カウンターの下で擦《す》って火を点けた。くわえていた煙草の先端が、チリリとかすかに音を立てて赤く輝いた。

ロウマッチだった。西部劇映画に出てくる、固い壁や靴底や拇指《おやゆび》の爪で火を点けるあれだ。

安藤はさも美味《うま》そうに長く煙を吐き出した。

「だけどあんた……何だか、ひどくくたびれたような顔しているな」

私は黙っていた。

ドアが開き、ふたり連れの客が入ってきた。

いかにも兵士らしいアメリカ人だったが、この前のような騒々しい連中ではなさそうだった。ひとりは白人、ひとりは黒人。ふたりとも、落ち着いた眼差《まなざ》しで店内を見渡し、入口に近いテーブル席に腰を落ち着けた。

白人はスコッチ・アンド・ソーダを注文し、黒人はドライマティーニを頼んだ。マスターが例によって無言で頷き、作り始めた。

「煙草は?」

安藤がくわえ煙草でキャメルの箱を差し出してきた。

私と彼との間には空《あ》いたストゥールがふたつあったが、その距離にもかかわらず安藤の手が目の前に届いていた。リーチが長いのである。

彼の煙草の箱を見つめた。パッケージには『健康のため吸いすぎに注意しましょう』なんて文字のない、MADE IN USA の製品だった。基地から手に入れるしかない代物《しろもの》だった。

私は目を離した。

「他人の煙草は吸わない主義だ」

そういって、懐からハイライトのパッケージを取り出した。よれよれになった一本をつまみだし、フィルターをカウンターでトントンとやってからくわえた。クロームメッキがすり切れて、真鍮《しんちゆう》の縁が目立つジッポーを取り出し、拇指で蓋《ふた》を開く。火を点けて煙をゆっくりと吸い込んだ。

「刀根奈津子の葬儀を見ていたな。彼女を知っていたのか」

安藤の視線がわずかに泳いだ。ふたたび、こちらに鋭い視線を向けた。

「ずっと刀根さんの世話になってた。もちろん奈津子さんのことも知ってる」

安藤はそういい、私を見た。「あんたこそ、彼女の何なんだ」

「私は岩国東署の刑事だった。もう退職したがな。刀根とは、互いの立場を越えた縁があった。彼が服役していた三年間、私たち夫婦が奈津子の親代わりになっていた」

安藤はさすがに驚いた顔になった。

「前にそんな話を聞いたことがあったが、あんただったのか」

頷いた。

「だから警察を馘《くび》になったのか」

私は指に挟んだ煙草から立ち昇る煙を見つめ、いった。

「直接の原因は違う。同僚に汚職の濡《ぬ》れ衣《ぎぬ》を着せられたんだ。刀根とのこともあったし、辞めざるを得なかった」

「警察もヤクザも似たようなもんだな」

「市民の味方のふりをしてるだけに、よけいにたちが悪いかもしれん」

私がそういうと、安藤が肩を揺らして笑い、鼻から煙を洩らした。

「なあ。なぜ、あのとき喧嘩を売ったんだ？」

そう訊ねてみた。

「喧嘩？」

「いつかここでやった武勇のことだ」

安藤は自嘲するかのようにまたふっと笑い、目を細めた。

「売ったんじゃない。買ったんだ。平和な店が好きだから、といっちゃあ良くないかい？」

「てっきり店の用心棒だと思った」

「今どき、用心棒なんてのはいない。ここにはここのやり方がある。それをあいつらに教えてやっただけだ」

彼は煙草の先を灰皿の上でトンと弾《はじ》いて灰を落とし、指に挟み、煙をくゆらした。

「また俺の喧嘩を見物にきたのか」

「この店が少し気に入っただけだ」

安藤の傍らのカウンターにあるキャメルの箱を指差した。「それは輸入ものの煙草だな。密売屋の大野木とつきあってたと聞いたが？」

「奴とはもう切れた。基地で働いているんだ。煙草もマッチも、向こうのものが安い」

「あのパンチも兵隊に習ったのか？」

「自前だよ」

安藤は少し肩をすくめた。「昔、広島にいた頃、ボクシングを習ってた。ライト級だった」

「プロか?」

「アマのほうをちょっと齧《かじ》っただけ。四回戦を張れるほどタフじゃない」

私はグラスを飲み干し、マスターに二杯目を頼もうとした。

それを安藤が止めた。黙ってマスターに目をやると、彼は頷いて、新しいグラスと氷、それからチェイサーの水を私の前に置いた。

安藤は自分のボトルで水割りを作り、差し出してきた。

「こいつで奈津子さんを弔ってくれ、おっさん」

「おっさんはよけいだ」

グラスに口をつけた。

IWハーパーは初めてだった。だが、どんな酒でも浴びるほどに飲み続けてきた私にとって、いちいち味なんてわかりはしない。冷たく喉を通り過ぎ、そして酔うだけだ。

それでもなお飲みたいときがある。

今夜のように。

ふいに目頭《めがしら》が熱くなった。私はあらぬほうを向いた。

が、見られていたようだ。

「泣いているのか？」

安藤がいうのが聞こえた。

＊

不快感を伴って目が覚めた。

こめかみの辺りがズキズキと痛む。喉が渇き、胃の奥がむかついている。

見馴れない部屋の、硬いベッドの上だった。上体を起こすと、尻の下でスプリングがギシッと音を立てた。

腕時計を見た。午前三時半だ。

暗い光を投げる電灯があった。その付近の天井に紫煙がわだかまっている。

すり切れた畳が敷き詰められた、四畳半の部屋だった。

小さなタンス、ビニールボックス、十四型のテレビ。部屋の真ん中にあるテーブルの、アルミの灰皿に置きっぱなしになっている煙草から、煙が筋のように長く立ち昇っていた。

「起きたか？　おっさん」

と、声がした。部屋の向こうに、小さな炊事場がある。そこに安藤がいた。白のＴシャツに細身のジーンズ。足元は裸足だった。

シュンシュンと音を立てて薬缶《やかん》が沸騰していた。

不揃いの陶器のコップをふたつ、私の前に持ってきた。

「コーヒーだ。インスタントだが我慢してくれ」

ベッドに腰を下ろしたまま、受け取ってひと口すすった。味がわからなかった。胃のむかつきは、ますますひどくなっている。

安藤は畳にあぐらをかき、湯気を立てるコーヒーを飲んでいる。

「いくら何でも飲み過ぎだぜ」

私は黙っていた。

「ここは君の部屋か？」

「あんたを抱えてくるのは苦労した。死人みたいに、顔が真っ青だった」

もうひと口、コーヒーを飲もうとした。吐き気がこみ上げてきた。

「トイレ、貸してもらえるか？」

「入口の横だ。できれば汚さないようにしてくれ」

ベッドから下りて、立ち上がった。とたんに頭がふらついた。ゆっくりと脚を運び、三《た》和土《たき》の傍の扉まで歩いた。

狭い便所の中に入るや、とたんに胃袋の底から嘔吐《おうと》感が突き上げてくる。

和式の便器に屈み込み、吐いた。

吐き出すものが何もなくなっても、しばらくの間、便器の両側に両手を突いていた。

ようやく立ち上がると、流し台のところへ行った。コップを借り、冷たい水でうがいをし、顔を洗った。口の中にはまだ胃液の味が残っている。

コップをゆすいで水切りに逆さに伏せた。

戻ろうとして、流し台の小さな窓に大きな砥石《といし》が置かれているのに気づいた。

自炊でもしているのかと思ったが、包丁らしいものは見当たらなかった。

安藤は畳の上に座り、煙草をふかしていた。

「すまんかった。迷惑をかけるつもりはなかったんだが」

「あんたの気がすむまでここにいてくれていい。居心地は保証しないけどね」

開けっ放しの窓の外には、風鈴が吊るされていた。それが夜風に揺られ、透き通った音を鳴らしていた。

安藤の横に座り、畳に置いた飲みかけのコーヒーを手に取った。少しだけ、また飲んだ。

「気分はどうだ？」

「だいぶ良くなったみたいだ」

「元警察官にしちゃ、変わってるな、おっさんは」

「おっさんはよしてくれ。そっちこそ、ちっともヤクザらしくないが？」

安藤は髪をかき上げ、かすかに口角を吊り上げただけだった。

「そういえば、ずっといっしょに飲んでたのに、あんたの名前を聞いてない」

「椎名高志だ」

「やっぱり刑事らしくない名じゃないか。だったら、おっさんでいいだろう？」

「勝手にしろ」

私はそういって、味のしないコーヒーを飲んだ。

「俺は――」

「友人から名は聞いた。安藤光一、稲田組にいるらしいな」

「もう組は抜けた」

「抜けた理由は？」

「取り調べの尋問みたいじゃないか。あんたに話すほどのことじゃない」

しばしの沈黙。

カチコチと時を刻む時計の音だけが、狭いアパートの部屋に響いていた。

その静けさの重みに耐えかねて、私はいった。

「なあ。刀根奈津子はどうして自殺なんかしたんだ。縁談がダメになったからといって、それであの子が自殺などするはずがない」

「あんたは酔っ払いながら、その話ばかりしてたよ」

「覚えてないんだ」

私は手にしたコップのコーヒーを見た。すでに湯気を立てるのをやめて、冷たくなりつつあった。まるで死者のようだと思った。

「教えてくれないか」

私はそういった。

「人の死にはたいてい意味があると思う」

ふいに安藤がつぶやくようにいった。「奈津子さんの死もそうだ」

私はしばし彼の顔を凝視した。

死の意味を考えても無駄だと思っていた。だから自分に対して、それを繰り返しいい続けてきた。

だから私は驚いた。

「やはり何か知ってるのか」

すると安藤が少しだけ、私を見た。「いや。知らない」

3

なぜ、ふらりとやってきたのか、自分でもわからなかった。

作業所の仕事が終わり、徒歩でアパートに向かっていた。それなのに、気がつくと私は駅前の中央通りにあるビリヤード店〈栄光〉の前に立っていた。

昨日まで入口の扉に貼られていた忌中の紙が消えているのに気づいた。

奈津子が死んでまだ四日目だった。

のみならず、扉にはこんな手書きの紙が張り出されていた。

《八月二十二日、午後五時から通常通り、営業します》

刀根の字だった。

明日の夕方から店を開けるらしい。

表の鉄製階段を上り、埃だらけのガラス窓から覗く店内は真っ暗だった。ドアをノックしてみた。しかし人けはなかった。

刀根はまたどこかに出かけているのだろう。

仕方なく階段を下りて、路上に立った。

車道の反対側に、いつの間にかくすんだ灰色の４ドアセダンが停まっていた。マツダ・ルーチェらしい。車体の後ろから排ガスが洩れている。

車内には男が二名。サイドウインドウが開きっぱなしだった。

助手席にいるのは寺崎だ。運転席にはあの若い刑事がいた。

私は少し躊躇《ちゆうちよ》したが、道路を横切ってルーチェに近づいた。

「職務か、寺崎」

彼は助手席の窓枠に肘《ひじ》を載せたまま、分厚い唇に煙草を突っ込んだ。

「警察を辞めたあんたが、こんなところをうろうろするんじゃない。目障りなんじゃ」

「市民がどこで何をしようが勝手じゃないのか」

「挙動不審者はいつだってしょっ引けるけえの」

「稲田組に何か起こっているのか?」

「それを知って何になる。ええかげんにせいや」

ふいに寺崎は鼻で嗤《わら》った。運転席の若い刑事を振り返り、こういった。

「ええか、武藤《むとう》。こんなあは、とんだ汚職刑事じゃ。東署の恥さらしじゃ。面《つら》ぁよう見ちよけ」

「真相はあんただって知ってる」

そういうと、寺崎の爬虫類《はちゅうるい》のような三白眼がいっそう細められた。

そう、私が濡れ衣を着せられ、一切合切《いっさいがっさい》をかぶったかたちで退職に追い込まれたという事実は、東署の者なら誰だって知ってる。知っていながら、誰もそのことに触れようとしない禁忌《きんき》となっていた。

「車を出せ」

寺崎にいわれ、武藤と呼ばれた若い刑事がルーチェを走らせた。

わざと急ハンドルを切りながら、車体を私にぶつけ、車線をまたぐようにターンして猛然と走り出す。私は一瞬、よろけたが、すぐに立ち直った。

街路の向こうに小さくなっていく警察車両を見送った。

＊

錦川の川面が、オレンジ色の夕日をキラキラと乱反射させていた。

五連に湾曲した錦帯橋《きんたいきょう》がすぐそこに見えている。日本三大奇橋のひとつとされ、江戸の昔に作られた古い木橋である。

岩国を代表する観光名所だ。

相変わらず観光客の数は多い。橋の上や下の河原で、にこやかに写真を撮っている。

土手道を走る私の車は、非常に不機嫌な排気音を立て続けていた。

トヨタ・セリカ1600GT。車体は灰色である。

妻を失って三年、貸しガレージに入れたまま、まったく乗っていなかったため、バッテリーが上がったらしくエンジンもかからなかった。

車検も切れていたため近くの自動車工場に預け、今朝になってようやく整備が完了した。

エンジン内部が致命的に痛んでいて、修理するには莫大な費用がかかるといわれ、あきらめた。ごまかしごまかし乗っていくしかない。

刀根奈津子のかつての婚約者は八木沢史郎《しろう》といった。

市役所の戸籍課で調べると、住所がすぐに判明した。

臨海地区にある〈東洋《とうよう》石油化学〉という会社の企画開発部門のチーフであり、いわばエリートだった。私が耳にしていたのはそういった素性だけで、奈津子がどういうきっかけで彼のような人物と知り合い、縁談にまで至ったかは定かではない。しかし彼女にしてみればまたとない人生の転機になるはずだっただろう。

私のセリカは、錦帯橋の少し上流にある錦城橋《きんじようばし》をゆっくりと渡った。

対岸は横山《よこやま》と呼ばれ、古い街並みが広がる山間《やまあい》の地区だ。

その背後の城山には、江戸時代の築城を復元した岩国城が山城としてそびえている。街並みはどこか古色蒼然《こしょくそうぜん》としていて、水草が浮かぶ石垣の掘割や、白壁の土塀が連なる道があり、江戸時代にタイムスリップしたかのような錯覚におちいることがある。

まるで小さな古都のような、たおやかな街の風情が好きで、私はたまにここを妻と訪れたものだった。

複雑に入り組む路地を車で抜けてから、やがてブレーキを踏んで停めた。

『八木沢』と記した大理石の表札がある門が見えた。

真新しく、何とも瀟洒《しょうしゃ》な鉄筋コンクリートの住宅だった。家屋の傍らに駐車スペースが作られ、白い日産サニーバンが駐車していて、もう一台ぶんのスペースが空いている。

家の真向かいには、新しくできたばかりの広い公園がある。

噴水に花壇、それに芝生。古びた街区にまったく似合わぬ光景が、日の前に広がっている。ここを訪れる観光客は、多くが錦帯橋や古い街並みに惹かれてやってくるはずだ。こんな新しく目立った人工的な公園を喜ぶのは、一部の市民だけだろう。

コンクリでできた八木沢の家も、見た目が無骨すぎて、まるで小さなビルディングのようだ。

日曜日だった。本人がいるとしたら、この日しかなかった。

私は車を降りて、門を抜けた。玄関先のチャイムを押すと、インターフォンから「はい」と返事が聞こえた。女の声だった。

扉がそっと開き、中年の女性が現われた。

薄化粧で眉を細く剃《そ》り、ベージュの地味なワンピース姿だった。

「どちらさま?」

うろんな表情で私を見ている。

なるべくパリッとしたシャツを選んでネクタイを結んできたが、やつれた顔や姿に怪しさが出ているのかもしれない。

「椎名といいます。史郎さんは御在宅でしょうか?」

「はあ、史郎は外出しております。あの、どういった――」

「刀根奈津子という女性をご存じかと思います。つまり、あなたの息子さんの婚約者だった――」

言葉の途中で女の表情が一変した。嫌悪が、あからさまに剝《む》き出しになった。

「帰ってください」

叫んで扉を閉めようとした。

私は意地の悪い新聞勧誘員よろしく、ドアの隙間に靴を挟み込まなければならなかった。

「待って下さい。私は刀根さんの昔なじみで、彼女がどうして自殺したかを――!」

「帰らなければ、警察を呼びます!」

女が一歩、後退《あとずさ》り、三和土にひっくり返りそうになった。

そんな大げさな反応に私は途惑った。

――どうしたんだ!

座敷の奥から、亭主らしい中年の男が走ってきた。まだ夕刻だというのに、パジャマ姿だった。鼻の下にたくわえた髭。鼈甲縁《べっこうふち》の眼鏡をかけていた。

「この人が、史郎のことで——!」

彼はすぐに悟ったらしい。

「あんた。出ていってくれ」と、怒鳴った。「すぐに出ていけ!」

「何があったかだけでも、話してくれませんか?」

そういった私の胸を、男は片手で乱暴に突き飛ばした。

よろめいて後ろへ下がったとたん、扉が激しく閉まった。

しばし動けずにいた。

警察官としての現役時代ならともかく、今の私はすっかり衰えていた。

車に戻った。

しばらく運転席に座り、車窓から八木沢の家を見張っていた。

しかし息子の史郎が出てくる気配はなかったし、本当に外出しているのかもしれないと思った。

家に隣接する駐車スペースにもう一台ぶんの空間があったから、その可能性は高い。

一度だけ、二階のカーテンが開き、さっきの父親らしい男が顔を見せたが、路上に駐車する私のセリカを険阻《けんそ》な顔で見下ろすと、乱暴にカーテンを閉めて、それっきりだった。

かつてなら、警察手帳を出せばすんだ。

しかし、今の私には何の特権もなく、朽ち果てただけの人間だった。八木沢の家族からすれば、まっとうに話すまでもない相手としかみなされないだろう。当然の反応といえた。

一方で、両親らしきあのふたりの表情や態度に、私は違和感も覚えていた。

彼らは明らかに何かに怯《おび》えているようなふうだった。

奈津子との婚約が破棄になって、もう一年は経っている。

しかし彼女の死がこの家に暗い影を落としているのかもしれない。あるいは彼女の自殺そのものに、何らかのかたちで関わっているとしたら?

私はあきらめてイグニションを回した。

相変わらず不機嫌な音を立てるエンジンをだましつつ、ゆっくりと八木沢家から離れた。

最初の角を折れるとき、ちょうど前から白い三菱《みつびし》ギャランが姿を現わした。

道路が狭いので、私は左側に車を寄せて道を空けた。すれ違うとき、向こうの運転席の中がはっきりと見えた。

短く刈った黒髪に眼鏡をかけた若い男性だった。

私はセリカを走らせず、ルームミラーで後ろを見ていた。思った通り、ギャランは八木沢の家の前に停まり、バックで駐車スペースに滑り込んでいった。

ギアをリバースに入れて、私はゆっくりと車を戻した。八木沢家の近く、生け垣にピッタリと沿うように駐車すると、ドアを開いて外に出た。

駐車スペースの中でエンジンの音が途絶え、ボンネットの下がシンシンと音を立て始めた。ギャランのドアが開いて、サマースーツ姿の長身の青年が姿を現わした。丸い顔にメタルフレームの眼鏡が光っている。

私は足早に歩み寄って、声をかけた。

「八木沢さん」

彼は驚いて振り返った。

「八木沢史郎さんだね?」

血の気が引いた蒼白《そうはく》な顔。最前の彼の両親をいやでも思い出す。

彼が素早く踵を返そうとしたとき、私はいった。

「奈津子のことで、少しうかがいたいことがあるんだが」

八木沢の動きが止まった。

ゆっくりと振り向く。

「あなたは?」

「椎名という名だ――」

少し迷ってから、私はこういった。「叔父にあたる者だ」

八木沢の視線が、少し泳いだ。それからまた、私と目が合った。

しばし彼は硬直したように立っていた。その尋常でない表情の中に、心の移ろいが見え隠れするような気がした。

彼は自宅の窓明かりを見てこういった。

「ここじゃ、きっと邪魔が入ります。よければ、私の車にどうぞ」

そういってギャランの助手席のドアを開けた。


八木沢のギャランは、錦川の土手道をゆっくりと下った。

私がたどって来たルートを、そのまま逆方向に走っている。日没が迫り、ライトを点灯した幾台もの車が、かなり飛ばしながらすれ違っていった。

「錦川のあの辺りは、〝リュウコウ〟と昔から呼ばれてたそうですね」

窓越しに指差しながら八木沢がいった。

川が崖にぶつかるように大きくカーブしている。水が暗くよどんでいた。

「いや。知らなかった。〝リュウコウ〟？」

「竜の口と書いてそう読むそうです。川の蛇行が深い淵を作ってるんですね。昔の人はあの淵の底が竜宮《りゅうぐう》につながっていると信じていたそうです」

なぜ、彼がそんなことをいいだすのか、私にはわからなかった。

「実はぼく、小さな頃にあそこでおぼれかけたことがあるんです。淵の中で渦が巻いているらしくて、引き込まれたら二度と浮かんでこないといわれたところでした。たまたま近くでアユ釣りをしていた人が飛び込んでくれて、何とか助けられたんです」

「それは幸運だったね」

「両親はそれ以来、ぼくをひとりで遊ばせようとしなかった。ひとり息子を失うことを極端に恐《おそ》れるようになったんです。だから、友達らしい友達もいないまま、中学、高校と過ごしていました。都会の大学に行きたかったんですが、けっきょくは隣県の広島大学になり、就職も地元でした」

私は何といっていいかわからず、フロントガラス越しに前から後ろへ流れるアスファルトの路面を見つめていた。

「彼女と結婚したら、何とかこの街を出ようと思っていました。そのための転職先も見つけてあったんです」

私は八木沢の横顔を見た。

「君は奈津子のことを？」

「そりゃ心底、愛してました。そんな気持ちを抱かせてくれる女性は初めてでした」

私はうなずき、唇を噛み締め、また前方を見つめた。

冷え切っていた妻との仲を取り戻せたのは奈津子のおかげだった。私たちだけでなく、いつも周囲を温かくしてくれる。そんな空気をまとったような娘《こ》だった。

そのことを思い出しながら、窓外を流れる景色を見つめた。

いくつもの橋が視界を過ぎて、車の後方に走り去っていった。記憶もこのようにして、過去に去っていくものなんだ、と思った。

「椎名さん。もしかして、うちに来られたんですか？」

私は頷いた。

「きっと酷《ひど》い言葉を投げられて追い返されたのでしょうね」

八木沢はポケットからセブンスターを出し、車載のシガーライターで火を点けた。狭い車内に紫煙がたちこめる。が、それはすぐに開けっ放しの窓から車外へ流れていく。

「あなたに、こんなことをいっていいものか」

彼はふうっと煙を吐き、ちょっとだけ悲しげな顔を見せた。

「奈津子との結婚がダメになったのは、親父のせいなんです。でも、けっきょくは、ぼくのせいでもある」

「話してくれるかな、それ」

八木沢は少し間を置いてから、こういった。

「あるとき、親父が奈津子の父親に関する噂話をどこからか聞きつけた。それで彼女の家に押しかけて、そのことを確かめてきた。それで縁談は消えたんです」

そうかと思った。予想してしかるべきことだった。

「あの人は昔、暴力団にいたそうですね。今は足を洗っているっていう話だったけど、親父はそれが気に食わなかった。というか、恐れていたんでしょうね」

「君は奈津子の父親とは？」

「もちろんお会いしています。たしかに風変わりだったけど、そんな怖い人には見えなかった」

車はやがて土手を外れ、三叉路《さんさろ》の交差点の手前の坂で信号に停められた。

「しかし君は素直にお父さんに従ったわけだ」

彼は溜息をついた。

「何度か、いい合いはしました。でも、親父には逆らえない。ぼくの人生の設計図は、すべて親父が作ったんだから。大学も、会社も、親父のおかげで入れました。たぶん結婚までも――」

「君ひとりの人生ならいい。しかし奈津子が自殺したのは破談が理由じゃないのかね」

彼はステアリングの上に両手を置き、組み合わせて、そこに顔を伏せた。

「まさか、こんなことになるなんて思わなかった」

八木沢はうわずった声でいった。「実のところ、彼女はぼくと結婚する気なんてないんだと思っていたんです」

「なぜ?」

「あるときから、突然、彼女の態度がよそよそしくなり、とうとう電話にも出なくなりました。明らかに居留守を使われていることがわかって、それで、心が離れたと思ってたんです。そこに来て、親父があんなことをいいだした。これでもう、おしまいだと思いました」

「でも、奈津子は君を愛していた。だから、死を選んだんじゃないのか」

八木沢は何かいおうとしたが、口を引き結んだ。

背後で、派手なクラクションが鳴り響いた。

四トントラックがヘッドライトをパッシングさせている。信号が青に変わっていたことに気づき、八木沢はシフトをニュートラルからローに入れてアクセルを踏み込んだ。

彼はそのまま、車を岩国駅方面に向けた。

しばらく、私たちは黙っていた。

刀根がときおり見せていた目の中の昏《くら》い炎、その正体が見えてきた気がした。

破談は奈津子の死の原因のほんの一部分でしかなかったのではなかろうか。そんなことで自ら命を絶つような娘ではなかったはずだ。私が知らないところで、彼女は何かの理由で独り苦しみ抜いていたのかもしれない。

フロントガラスに、小さな雨粒がつき始めた。八木沢はワイパーのスイッチを入れた。

街灯の光の流れがギラギラと反射してみえる。

車はやがて錦川の対岸に渡り、横山地区に戻ってきた。

その頃には、雨はかなり本降りになっていた。

八木沢はギャランを自宅の駐車スペースに入れ、サイドブレーキを引いた。

私は車外に出た。八木沢も運転席のドアを開けて外に出る。

「椎名さん。あの刀根という人は、本当に暴力団とは縁が切れていたんですよね」

「そうだ」

「彼女が死んだあと、チンピラみたいな若い奴がうちに来ました。ぼくが彼女を殺したんだとさんざんいきまいた挙句《あげく》、玄関先でぼくを殴りつけた。それで親父はビビったんです。たしか左眉の上に大きな傷があった」

左眉の上に——傷。

そうだったのかと思った。

あの安藤が奈津子とどういう関係だったかはわからないが、あり得ることだ。おそらくやりきれない気持ちを抱えて、彼の家に足が向いたのだろう。しかし、いくら八木沢を言葉で責め、手を出したとしても、奈津子が生き返ることはない。そんなことぐらい安藤にはわかっているはずだ。

「彼はもうここに来ることはない。ご両親にそう伝えてくれ」

「なぜ、そういいきれるんですか」

「あいつをよく知っているからだ」

八木沢は私をしばし見つめていた。

「椎名さん。あなたは奈津子の叔父さんではないんでしょう？」

うなずいた。

「だまして悪かった」

悲しげな顔で彼はまだ私を見て立っていた。

雨がスーツの肩を濡らしていた。すがりつくような目をしていた。
きっともう、この男に会うこともないだろう。そう思って私は黙礼をして踵を返した。
自分の車に向かって、雨の中を歩いた。
一度だけ、足を止めて振り返ると、八木沢はまだ駐車スペースの車の傍に立っていた。
寂しげなその孤影《こえい》から目を離し、私は歩を運んだ。

4

安藤のアパートは、米軍基地に近い、込み入った街路の一画にある。
錆び付いた鉄の外階段を上り、彼の部屋の前に来ると、私はドアを叩いた。
間を置かずして扉が開き、安藤が顔を出した。
「どうしたんだ、おっさん」
私は彼の顔を見つめる。
左の眉の上。くっきりと目立つ白い傷。
奈津子との関係を問いただそうと思ってやってきたが、私は抑えた。下手に焦っては、真実がどんどん遠ざかってゆくだけだ。

「とにかく入れ」

いわれて私が上がり込むと、彼は煙草をくわえ、ベッドに腰を下ろした。

相変わらず雑然とした部屋だった。前に酔っ払って担《かつ》ぎ込まれたときから、キッチンスペースの流し台の窓際に、大きな砥石がひとつあるのが気になっていた。

「立派な砥石だな」

指差していってみた。

安藤は煙草を灰皿に置いて立ち上がり、押し入れの戸を開いた。中から白鞘《しろさや》を出して見せた。

私は思わず緊張した。安藤の左眉の上の傷がいやでも目立って見えた。

「刀根さんからヤッパの研ぎ方を習った。何度も指を切ったりしてな」

匕首と呼ばれる短刀だった。俗にドスと呼ばれる代物だ。「今じゃ、産毛《うぶげ》が剃れるぐらいに鋭く研げる」

鞘からスルリと抜いてみせた。刃渡りが三十センチはありそうだった。

刀身全体に波のような模様が見える。それが研ぎ痕《あと》なのだろう。

「躰の一部みたいなもんだ」

「使い方も習ったのか?」

「いや」彼はいった。「研ぎだけだ。それしか教わってない」

鞘に刃をしまって床に横たえた。

刀根は匕首の名人といわれた。関西まで名前が鳴り響いていた。そんな刀根真太郎に惚れ込んで、稲田組の下っ端になったヤクザを、私は何人か知っている。いずれもろくに使い物にならなかったようだが。

安藤は灰皿の煙草をつまんでくわえた。

私はカーテンを開けっ放しにした窓に目をやった。ひび割れがガムテープで補修されているガラスの向こうで、雨はまだ降り続いている。軒下の風鈴がゆっくりと揺れている。

「刀根さんは奈津子さんのためにヤクザをやめた。俺も、あの人のいない組なんてつまらねえと思った」

「堅気《かたぎ》になっても、結果は変わらなかったということか」

「ヤクザだったってことは、今でもヤクザだってことだ。この社会じゃあな。おかげで奈津子さんは結婚できなかった」

「君はそれに怒って八木沢さんのところへ行った」

「最初は、話し合おうと思っていたんだ。だが、相手にされなかった」

私はまた、安藤の眉の上の白い傷を見た。

「彼のせいで奈津子が死んだと思ったわけか」

そういったとたん、安藤の表情が一変した。

眉間にさらに深い皺が刻まれていた。

「最初はそう思ったよ。だが、違ったようだ」

「君は……奈津子とどういう関係だったんだ」

私はやっとそのことを口にした。

安藤から直《じか》に訊くために、わざわざここに来たのだ。

彼は立ち上がり、苛立たしげに窓際まで歩いた。かまちに両手をつき、開け放たれた窓から外の闇に身を乗り出した。ジェットの爆音がし、上空を赤と青のランプを点滅させつつ、戦闘機のシルエットが通り過ぎてゆく。

安藤はこっちに向き直った。

顔が濡れていた。雨の中に突き出していたのだ。

どうしてそんなことをしたのか、私にはわかった。

「飲みに行こう」と、彼はいった。

「今からか？」

「そうだよ、おっさん」

＊

いつの間にか雨が止《や》んでいて、雲間に星粒がいくつか光っていた。濡れたアスファルトが夜の熱気にあてられて、うだるような湿気が街をとりまいている。

バーや雑貨店の猥雑な看板が並ぶ空港通りを歩いた。安藤は足早だった。ジーンズのポケットに手を突っ込み、長い足を交差させ、猫背気味に歩いている。

私は彼のあとに続いた。すれ違う大勢の酔客《すいきゃく》のほとんどが外国人、それもクルーカットの米兵たちだ。空港通りを突き当たりまで歩き、そのまま米軍基地の正面ゲートに向かう。門の傍には、白人の歩哨兵《ほしょうへい》が一名、立っていた。厳《いか》つい体軀を包んだ灰色の迷彩服は肘の上まで袖《そで》をまくり上げ、腰には拳銃のホルスターがあり、目深《まぶか》にかぶった略帽の下から、冷ややかな目でこっちをじっと見ていた。

立ち止まって躊躇する私を振り返り、安藤が手招きした。

「大丈夫だ。ついてこい」

そういって歩哨兵たちの前を通り過ぎた。

『U.S.MARINE CORPS AIR STATION IWAKUNI 米国海兵隊岩国航空基地』と書かれたゲートを抜け、彼は受付の窓口に向かって何かを話している。

ガラス張りの窓口の奥にいるのは日本人の中年男性だった。

安藤のことを知っているらしく、笑顔で挨拶をしている。彼は私を指差し、「ゲストだ」と紹介してから、また手招きした。

「運転免許証を貸してくれ」

奇異な顔をする私に「身分証代わりなんだ」と彼はいう。

私の免許証を受け取り、それを受付の窓越しに提示する。

窓口から書類を差し出され、私は住所氏名などをそこに英語で記入した。その書類を確かめられてから基地に入れるパスを渡された。

ゲートを抜けると、そこはアメリカだった。

通りの傍にアメリカ国旗と日章旗がふたつ立っていて、どちらも雨に濡れ、萎《しお》れている。その向こうに見える建物は、日本の街にあるものとは明らかに形が違い、いかにも異国情緒があった。

ゲートから右手にある道を歩いた。大勢の米兵や、家族らしい男女とすれ違う。林の向こうに見える建物には〈サクラ劇場〉と大きく書かれてあった。たしか基地の中にあって映画館やステージが備わった施設だった。

その手前にある建物のひとつに、安藤が向かった。

木造りの扉にはめられた磨りガラスに、〈STUFF CLUB〉と読めた。下士官《かしかん》クラブだとわかった。米兵たちの集《つど》うバーである。

扉を開くと、薄暗い店内に音楽が高鳴っていた。カントリー&ウエスタンのようだ。

店内は空《す》いていた。あちこちに並んだテーブルには、客の姿はほとんどない。右手のテーブルに白人が二名。カウンターに一名いるだけだ。

日本画を描いた屏風が、いかにもといった感じで壁際に置いてある。その横に狭いながらもステージがあった。

板張りのフロアを横切り、安藤がカウンター越しに馴れた様子で注文をした。白人のバーテンダーと英語でしゃべり、硬貨と引き替えにバドワイザーの瓶をふたつ持ってきて、私といっしょに壁際のテーブルに向かい合わせで座った。

バドワイザーを受け取り、ひと口、飲んだ。

なぜか味まで違って感じられた。

「生まれてこの方、長らく岩国に住んでいたが、まさかこんなところで飲めるとはな」

「前にいっただろう。俺はここで働いているんだ。だからパスを持っている。あんたも知り合いってことで入れたんだ」

安藤は胸ポケットからキャメルをつまみ出した。

「酒でも何でも注文すればいい。ここはアメリカ国内と同じだから、日本よりもずっと安い」

オーダーはすべてドルと交換だという。値段表を見ると、上等のステーキですら、日本の半額以下だ。思わず溜息が洩れた。

安藤は煙草をくわえ、テーブルの横でロウマッチを擦って火を点けた。

「それにしても、お前も変わったヤクザだな。こんなところで何をして働いているんだ?」

「PXっていわれる雑貨屋の店員だ。本当は刀根さんの店を手伝いたかったんだが、どうしてもダメだと追い出されたんで、仕方なくな」

しばしの間のあと、私は切り出した。

「教えてくれ。君と奈津子との間には何もなかったのか」

すると安藤が噴き出した。肩を揺すって笑った。

「まるで嫉妬《しっと》してるみたいだぜ、おっさん」

そう突かれて、私は言葉を失った。

「高嶺《たかね》の花といえばそれまでだが、たしかに憧れてたよ。だが、あの人には婚約者がいた」

「それで八木沢さんのところに？」

「あの家に勝手に行ったことが、刀根さんの怒りを買った。ぶん殴られたよ」

「奈津子が八木沢と別れたのは、もう一年も前になる。だったら、あの子は何故、今頃になって自殺を？　きっと別の理由があるはずだ」

安藤の顔が、ふいに歪むのがわかった。

ゆっくりと首を振り、またビールを口に運んだ。

「教えてくれ」

安藤は眉間に皺を刻み、泡立つビールを凝視している。

辺りがにわかに騒がしくなった。

周りのテーブルはいつの間にか客でいっぱいになっていた。ＧＩカットの米兵たちに混じって、女や子供の姿もある。家族連れらしかった。

ステージに数人の男女が立った。

ギター、ドラムス、キイボード。それにボーカルの若い女。アマチュアバンドらしいが、マイクの女はなかなか色っぽい。真っ赤なミニスカートに網タイツ。肩下まで垂らした金髪。濃いルージュ。

テーブルの客たちが口笛や野次を飛ばすと、女は投げキッスで応えた。

演奏が始まった。ローリング・ストーンズの『サティスファクション』だ。

女が金髪を振り乱し、腰を振ってミック・ジャガーばりに声を張り上げて唄い出すと、テーブル席の兵隊たちはやんやの喝采《かっさい》を送り、大騒ぎを始めた。

「もっと静かな場所はないのか」

私が訊ねると、安藤が肩をすぼめた。

「あるにはあるが……」

――あれえ、安藤ちゃん。来ちょったん？

後ろから甲高い山口弁が聞こえた。

振り返ると、四十がらみの痩せ細った女が立っていた。厚化粧で胸が大胆に開いた青いドレス、頭髪をアフロヘアにしている。

私たちがいる丸テーブルの椅子のひとつに勝手に座り込むと、持参したカクテルを飲み始めた。

「椎名さんっていうんだ。この人は佳代《かよ》さん」

「よろしく」

私はうなずき彼女と握手した。老婆のように枯れ細った手だった。

「あんた、岩国の人ね?」

「生まれてこの方、ろくにこの街を出たことがない」

「そうなん?」

さしたる興味もなさそうに相槌《あいづち》を打ち、彼女はまたカクテルを口につけた。

米軍基地の周辺なら、どこにだっている類いの女だった。キャリアもずいぶんと長そうだ。左の中指と薬指に光るリングは安物ではない。

「ところでヘンリー、知らん?」

「黒人の伍長《ごちょう》さんか? そういえば最近、見かけないな」

「何とか見つけんとねえ、困るっちゃ」

「どうした」

「まあ、いろいろとあるんじゃけどね」

ふたりの話についていけず、頰杖《ほおづえ》を突いてバンドの演奏に耳を向けていた。ボーカルの女とギタリストが顔を寄せ合い、『ラ・バンバ』を唄っている。最前列のテーブルの米兵たちが立ち上がり、屈強な肩を揺すりながら踊り始めていた。

「また金を貸したのか？」

「今度は八十万」

「なんだ、それ」

安藤は苦笑いをし、ロウマッチを擦ってキャメルに火を点けた。

「あんたみたいに男にとことん尽くすタイプも苦労するな」

女は肩をすくめてみせた。アメリカ流の仕草が、すっかり身についている。

「ハーイ、ルディ」

じきに彼女は別のボーイフレンドを見つけて手を振り、テーブルを離れた。

ルディは白人の大男だった。鷲か鷹の刺青《タトゥー》を彫った大木の幹のような腕にすがりつき、彼女は尻を振って楽しげに踊り始めた。

安藤は、やれやれといった顔で私を見て、煙草をふかした。

演奏曲がスローバラードになったので、店内が少し静かになった。

「さっきのこと、教えてくれないか？」

あらためて彼に訊いた。

「頼むから、奈津子さんのことは、そっとしておいてくれ」

安藤は苦い顔をする。「彼女はもう死んだんだ。あんたが何を知ったからって生き返りはしない」

私は目を閉じて、首を振った。

「自分自身を納得させるためだ。もし、ダメというのなら、刀根の口から直接、訊くしかない」

「それだけはやめろ」

ふいに放たれた語気が荒かった。隣のテーブルにいた赤毛の白人女性が、安藤をちらりと見た。

「今、あの人に会っちゃダメだ」

「何故だ」

彼は口を閉ざし、渋面《しぶづら》でキャメルを灰皿に押しつけた。

また派手な曲の演奏が始まった。

ステージ前で踊る連中にしばらく目をやっていたが、やがて私に向き直った。

「わかったよ。だが店を移そう。ここじゃあ、うるさすぎる」

彼はバドワイザーをひと息で飲み干し、立ち上がった。

下士官クラブの出口の扉を開けたとき、外から入ってくるふたり連れのアメリカ兵とすれ違った。

一瞬、立ち止まり、私は肩越しに振り返った。

ひとりは黒人、初めて見る顔だ。しかし、もうひとりに見覚えがある。

「HEY, YOU!」

いつかの夜、〈シーキャンプ〉で見た白人だ。

あの店で暴れた赤ら顔の酔漢《すいかん》だった。

「FUCK'n JAP!」

罵声《ばせい》を浴びせたのは、むろん私ではなく安藤に向けてだ。

安藤はわざとらしくゆっくり振り返った。

目を細めて白人の男を見るや、かすかに口の端《は》を吊り上げた。安藤はトラブルを楽しんでいるようだった。

「やめとけ。ここは基地の中だ」

私はいったが遅かった。

白人は太い両腕をクイクイと回し、安藤を挑発している。

「よせ！」

叫んだ私は、誰かに背後から羽交《はが》い締めにされた。

黒い腕。いっしょにいた黒人兵だ。かん高い笑い声とともに、私は後ろに引きずられた。安藤から離すためだった。

白人はニヤリと笑い、拳をかまえた。

ボクシングのかまえだった。舌なめずりをしながら、白人は安藤に近づいた。しきりとシャドウをやって挑発している。

一方、安藤はほとんどノーガードに近い。両手は腰の辺りで軽く握り締められている。

パンチが繰り出された。右フック。続いて左。それを難なく安藤はかわした。無造作に背を反らしている。見事なスウェイだった。

三発目にまた右が放たれた。

安藤はわずかに顔を傾げて避けた。同時に一瞬、彼の躰が細長く伸びたように見えた。

ストレートパンチだ。白人のガードをかいくぐり、まともに顔の真ん中に入っていた。

白人は顔を歪め、後ろによろめいた。安藤は素早く踏み込むと、容赦なく相手の股間を蹴り上げた。相手が蛙《かえる》のような声を出した。呆気なく、白人は大の字に芝生に伸びた。

「GOD DAMN YOU!」

私を羽交い締めにしていた黒人が耳元で叫んだ。

わずかに力がゆるんでいたのに気づき、私は黒い腕をふりほどくと、そのまま払い腰をかけた。警察時代から柔道は得意だった。初段の免状を持っている。黒人が濡れた地面に叩きつけられた。受け身をとれず、背中からまともに落ちたから、かなりのダメージだったはずだ。

そのまま起き上がれずに、顔を歪めている。

視線を感じて、私は振り向いた。いつの間にか、大勢が取り囲むように私たちを見ている。白人、黒人、男に女。もちろんみんな、米軍基地の兵士だったり、関係者ばかりだ。それぞれ好奇心に充ちた顔があれば、憎悪に燃えた表情もある。

「走れ！」

安藤の声で私は我に返った。いっしょに突っ走った。

振り返ると、ふたりがよろよろと自力で起き上がるのが見えたが、追ってくる様子はなかった。

「まずいことをしたんじゃないのか。ＭＰに通報されると厄介だぞ」

「大丈夫だ」

安藤は走りながらいった。「日本人の若僧に、二度もノックアウトされたなんて誰がいうものか」

いわれて納得した。「たしかにそうだ」

安藤と並んで走りながら、私は笑った。

こんなに意気揚々《いきようよう》とした気持ちになったのは、本当に久しぶりだと思った。

下士官クラブからやや離れた建物の一階に将校クラブがある。

ここは建物そのものが立派だった。エントランスの前に車寄せがあり、その上の屋根に〈OFFICERS' CLUB〉とあるのが読めた。石段を上って扉を開くと、店内はバーというよりはレストランのような雰囲気だった。

だだっ広い店内を歩いて、ふたりで大きなカウンターの隅に取り付いた。

四十ぐらいの日本人のバーテンダーにスコッチ・アンド・ソーダをふたつ頼んでから、私たちはやっとくつろいだ。

「奴ら、ここにも来るんじゃないのか?」

「それは絶対にない」と、彼は答えた。「基地内のバーは階級が重んじられるんだ。だからヒラの兵隊は、ここには入れない。俺たちみたいな部外者がどちらも自由に入れるっていうのは、皮肉なもんだがな」

板張りの床にテーブルやソファがたくさん置いてあるが、誰も座ってはいなかった。

客は私たちと、同じカウンターの反対側にいる三人の白人だけだ。彼らはこちらには目もくれず、ごく静かにグラスの琥珀色の液体を揺らしながら、紫煙をくゆらせていた。

バーテンダーがわれわれの前にグラスを置いた。なみなみと入ったスコッチ・アンド・ソーダで、安藤と乾杯した。何ごともなかったような顔で飲んでいる安藤の右手の指に、血がにじんでいた。

「その指、大丈夫か？」

「どうってことない」

「場馴れしてるんだな、君は」

「ああいうトラブルはめったにないがな」

「仕事柄、ヤクザは何人も知ってたが、君のようなのは初めてだ」

「たまにそういわれる」

安藤はニヤリと笑った。「おっさんだって刑事って柄じゃない。それに、サツのくせして刀根さんに入れ込んでたんだろ」

私は口をつぐんだ。

店の奥に、莫迦《ばか》でかいプロジェクターが置いてある。その画面に、ＦＥＮ（極東放送）らしい番組が無音で映し出されていた。アメリカのドラマだった。赤いフォード・グラン・トリノが派手に突っ走り、若い刑事がふたり、銃を振り回してアクションをやっていた。『スタスキー・アンド・ハッチ』とタイトルが読めた。

われわれはまた黙り、酒を飲んだ。

向こうにいる兵隊たちのひとりは、パイプをやっていた。甘い香りを含んだ濃い煙だった。

ふいに思い出した。そういえば、刀根も自分の店で同じ香りのパイプを吸っていた。

「半年前、稲田組で内紛があった。組長が殺された」

安藤がふいにそういった。

私は驚き、彼の顔を見た。

「稲田が殺された？　病死と聞いたが」

「嘘だ。刺されたんだ。搬送先の病院で亡くなったよ」

そういって安藤は小さく溜息を洩らした。

組長の稲田信雄に、私は現役時代に何度か会ったことがある。

刀根真太郎とは互いに若い頃からの付き合いだったようだ。組長と幹部というよりも、まるで兄弟のようだといわれていた。

群雄割拠《ぐんゆうかっきょ》の中で稲田組のような小さな組を切り回すには、よほどの才覚が必要だったはずだが、稲田は頭がよく、カリスマ性もあった。他の組がつぶしにかかってこなかったのは、ひとえに彼の人望といえる。

しかし組は、今までのやり方ではやっていけなくなっていた。非現行という捜査制度を警察が取り出して以来、賭博は徹底的に取り締まられたし、縄張りからカスリを取るのもやりづらくなった。

「あんたも知ってると思うが、稲田組は広島の桜会に縄張りを狙われていた」

もちろん知っていた。

桜会は広島にある県下最大の暴力団組織だ。戦後から何度も抗争をくり返し、今のようにのし上がってきた。関西の組織とも手を組んだといわれていた。稲田組は過去に事務所に銃弾を撃ち込まれたり、トラックが突っ込んだこともあった。桜会にとって、この街を牛耳《ぎゅうじ》る稲田を押さえれば、山口の日吉《ひよし》一家の喉元に刃《やいば》を突きつけたも同然となる。しかも基地の兵隊から流れる武器や麻薬という甘い汁もあった。

「桜会が刺客を送ったのか？」

安藤は首を振った。

「あっちの幹部のひとりが、稲田組のチンピラをそそのかした。組長を刺したら、桜会のいいポジションに引き立ててやるって約束したらしい。で、そいつは隙を見て組長を刺した」

「じゃあ、組は――」

「名前こそ稲田だが、その実、もう桜会の下部組織だ」

「刀根はどうした？」

安藤は頷いた。

「そんときはもうヤクザの世界から足を洗っていたよ。その少し前に奈津子さんが倒れてな。病院で心臓疾患だといわれたらしい。心臓の弁がうまく閉鎖しないんだそうだ」

あの橋の上で再会したとき、その話は本人から聞いていた。

「――七カ月ほどの入院だった。刀根さんは父親としてよく面倒を見たと思う。さいわい重症化しないかぎり命に別状はないそうだが、一生それを抱えることになった。婚約破棄になったのは、彼女の父親のことだけじゃなく、それもあったからだろう」

「そうだったのか」

「それから刀根さんはまるで別人みたいになっちまった」

安藤は悲しげにそういった。

「だが、稲田を殺されて、刀根が黙ってるはずがない」

「俺もそう思った。あの人には俠気《きょうき》ってもんがある。自分んとこの組長を殺されて黙っていちゃ、男がすたる。きっと組長の仇討ちにいくだろうってな」

「まさか……」

私はそのことに気づき、あっけにとられた。「だから奈津子は自殺したのか?」

父親がかつての世界に戻るのを悲観し、さらに自ら重い病を抱えた身だったからか。

安藤は黙っていた。

スコッチ・アンド・ソーダを持つ手の筋が、白く浮き出しているのが見えた。

5

稲田組の事務所は、岩国駅の東側、元町《もとまち》と呼ばれる地区にある。

十字路の一角に立つ白い四階建てのビルで、窓という窓にはものものしく金網が張ってあり、一階の窓はすべて、ジュラルミン製の目隠し板で覆われていた。出入口である無骨《ぶこつ》な鉄扉の横には、銅板を打ち抜いた大きな看板がかかり、周囲に無言の威圧を投げていた。

　私は十字路の真向かいに立ち、しばし立って見ていた。

　人の出入りはまったくなく、ビル自体がひっそりとしている。

　かつて警察官として、ここには何度も訪れた。刑事がヤクザの事務所に行くのは、情報を得るという目的が大きいが、いつでも見張っているぞという警告というか、釘を刺しておくという意味もある。何度となく彼らの顔を見ているうちに、裏が読めるようになったものだ。

　安藤の話には驚かされた。

　あの稲田組長が殺された。それも子飼いの部下によって。

　そのことがまだ信じられずにいる。

　新聞の片隅に稲田組の組長の死亡記事があり、病死と書かれていた。なぜ、真相が隠されたのか。私はそのことをずっと考えていた。

　容赦のない夏の日差しの中、アスファルトから陽炎《かげろう》が立ち昇っていた。

　事務所に背を向けて去ろうとしたとき、車のエンジン音に気づいた。振り向くと、あの灰色のマツダ・ルーチェが路肩に停車するところだった。

　向き直ると、助手席のドアが開き、くわえ煙草の寺崎が出てきた。

くたびれた白のシャツに安物のネクタイを引っかけたスタイルは相変わらずだった。武藤という名の若い相棒は運転席に残っている。

「今さら、ここに何の用じゃ」

私の前に立ち止まり、彼がいった。

「稲田信雄が刺された話を聞いた」

すると寺崎はわざとらしく視線を外し、分厚い唇を歪めた。「そんなこともあったのう」

「なぜ真実を隠したりする？」

「何のことかいの」

「新聞記事には病死と書かれていた。警察は事実を摑んでいたはずだぞ」

「いらん波乱を招かんために、ときには嘘も必要じゃけえの」

「稲田組は桜会の傘下になったのか。だとしたら、刀根は……」

「よけいな詮索はすんなちゅうたろうが」

そういって寺崎は煙草を足元に吐き捨てた。靴底で執拗《しつよう》に踏みつけている。

「あんたが刀根に張り付いてるのは、つまりそういうことだろう？」

「ええかげんにせんと、パクるど、こらぁ」

寺崎が険しい顔になり、低くいった。

そのとき、事務所の扉が開き、男がふたり出てきた。

ひとりは痩せていて、白のサマースーツに赤いシャツ、サングラス、いかにもな格好の男だ。もうひとりは体格が良く、アロハシャツを着た坊主頭の男。彼らはこっちに気づくや、ポケットに手を突っ込んで、道を渡ってやって来た。

「寺崎さん。ご無沙汰しちょります」

赤シャツの男がサングラスを外し、寺崎に頭を下げた。私の顔をちらと見た。

どちらも、私が知らない組員だった。

「久しぶりじゃのう、山本《やまもと》。こっちへ引っ越してきたんか？」

「稲田さんとこで、組長代理を預かるっちゅうことになったんで。そっちにも挨拶にうかがおうと思うちょったんですよ。広島の本部から、こんとな僻地《へきち》に飛ばされてしもうて寂しいかぎりですわ」

「そいつは出世じゃろうが。政府の役人も地方に飛ばされてナンボじゃ。戻りゃあ、それなりの出世が待っちょる。ひょっとすると次期会長の座が狙えるじゃろうて」

「またまたご冗談を」

「で、そいつは？」

寺崎はアロハの男を顎で差した。

「去年、わしんとこに入った長谷川《はせがわ》です。生意気な野郎ですわ」

「いつもの相棒はどうしたんね」

山本と呼ばれたヤクザは困った顔で笑い、シャツの胸に手を突っ込んでボリボリと掻いた。

「安本《やすもと》ですか。肝臓やられて、医者通いですわ」

「どうせ酒の飲み過ぎじゃろう」

「背中にモンモン彫ってからですいね。ありゃ、いけんですよ。見栄ばかりで、体に良うない」

「新組長の襲名披露は、いつやるんか」

山本は首を振った。「ほとぼりが冷めるまで、ちいと。ま。当分、私が代行をしちょります。稲田さんがおらんようになってから、縄張りでカスリも取りにくうなったし」

ふいに私を見た。「ところで、この御仁《ごじん》は？」

「昔の同僚じゃ。今は警察を辞めて、フーテンみたいに落ちぶれとるらしいけ、いっちょう活を入れちょるところじゃ」

「お互い苦労しますのう」

「まったくじゃ」

山本は一礼をして、またサングラスをかけた。若い長谷川とふたり、通りの向こうに歩いていく。

寺崎は煙草の箱を取り出すと、セブンスターを口に挟み、青い百円ライターを擦った。調子が悪いらしく、数回やってようやく火を点け、うまそうに煙を吸い込んだ。

「あの山本っちゅう男はの。広島の桜会の大物のひとりじゃ」

なるほどと思った。それで私と面識がなかったのだ。

「稲田組長を刺したのは組の構成員だという話だが、誰だ」

「知らんよ。たぶん三下《さんした》のチンピラじゃろう」

「なぜ、捜査しない？」

「どうせ今頃は、どこかでのたれ死んどるじゃろうのう」

寺崎は歩き出した。路肩に停めた灰色のルーチェ、その助手席のドアを開き、一度、私を振り返った。

「今度、つつきよったら、ホンマにパクるけえのう。覚悟しちょけ」

車に乗り込むと、ルーチェが乱暴なエンジン音を立てて走り出す。ふたつの鋭い視線が車内から私に向けられていた。

＊

錦川にかかる錦帯橋。その向こうにシルエットとなって横たわる城山の背後に、黄金《こがね》色の夕陽が沈みかかっていた。

川沿いの道を走るカローラの助手席に座り、私は窓越しにそれを眺めていた。

ダッシュボードには新聞の朝刊が折りたたまれて置かれている。それを私に読ませるために、西村が電話で呼び出してきたのだった。

岩国にある稲田組の構成員、河野孝昭《こうのたかあき》の死体が、日《ひ》の出《で》町の港湾に浮いているのを倉庫の作業員が見つけ、警察に通報した。死体は重石《おもし》を足にくくられたかたちで沈み、水中で腐乱してガスがたまったために浮上したらしい。

西村から渡された新聞で、その記事を何度も読んだ。死後二十日前後。暴行の痕跡があり、直接の死因は心臓を刃物のようなもので抉《えぐ》られたための失血とあった。

稲田信雄を殺したヤクザは、きっと今頃、どこかでのたれ死んでいる。別れ際に寺崎がいったとおりだった。ほぼ間違いなく、稲田を刺したのはこの河野という男だろう。桜会のいいポストにありつくどころか、口封じのためにあっけなく殺された。それもヤクザらしい残忍なやり方で。

「稲田が殺されたとき、なぜ記事にならなかったんだ」

助手席の開け放した車窓に肘を載せて、私はいった。

西村はしばし黙ってハンドルを握っていた。やがて答えた。

「警察から圧力がかかったらしい。捜査のために秘匿《ひとく》する必要があったとか」

「茶番もいいとこだ。新聞社がそんなことでいいのか」

西村はごまかすように咳払いをした。

「お前……まだ、あの刀根にこだわってるのか」

「寺崎にさんざん釘を刺されたがな」

「だろうな」

西村は西日を避けるためにバイザーを下ろした。「どうもあいつは、ここんとこ桜会の連中と懇意にしているという噂だ。組の情報を得るのが目的かもしれんが、あるいは賄賂ぐらいもらってるかもしれない」

「昔からそういう奴だった。変わらんよ、あいつは」

「河野をそそのかしたのは桜会の山本だ」

「山本なら会った。稲田組の組長代理をまかされたようだ」

「刀根が出るとしたら、標的は山本か」

「いや、広島の桜会の本部に行くだろう。稲田を殺させたのは会長の松尾泰蔵《まつおたいぞう》だという噂だ」

「それで寺崎が刀根の周りをうろついてるわけか。警察官がヤクザの犬になっちゃおしまいだ」

前方の信号が赤になり、西村はカローラを停めた。

「問題はいつ刀根がそれを実行するかだが」

「それはわからん。だが、娘さんを亡くして、あの人ももう失うものがなくなった」

しかし奈津子がどうして死ぬことになったのか。私は、その理由に納得がいかない。

八木沢との結婚に破れたからか。

父親が極道の世界に戻ることを悲観したためなのか。

あるいは自分自身の病気。

それともまったく別の――？

刀根の孤独なイメージが脳裡を離れなかった。

「西村。悪いが、これから中央通りに車をやってくれないか」

「どうするんだ」

「ビリヤードはやったことあるか」

「学生のときにちょっと遊んだぐらいだが？」

私は少し笑った。

「だったら、久しぶりにやろう」

＊

キューの先端にあるチップにチョークをたんねんに塗り、西村はかまえた。

ブレイクショットで、九つの球が派手に散らばった。

が、ポケットにはひとつも落ちない。彼は舌打ちをし、黙って顎を振り、私に合図した。

一番の黄色い球がコーナー近くにある。

しかしそれを素直に落とすと、次の二番が難しい。手球《てだま》の下を撞き、引き球にして一番を片付けた。反転してゆっくりと戻ってきた手球は、二番が狙える位置にうまく止まった。

「チャンスじゃないか」と、西村がつぶやく。

私は頷き、次のショットで二番をサイドポケットに送り込んだ。

若い頃に覚えた球撞きのテクニックだった。なぜか忘れず、躰が覚えていたようだ。

身をかがめていた姿勢から起き上がり、額の汗を拭った。

カウンターの向こう――パイプの煙の中に隠れるように座っている刀根を見た。無表情に新聞を読んでいる。

彼もあの記事を読んでいるはずだと思った。

西村とともに来てみれば、ビリヤード店〈栄光〉の袖看板に明かりがともっていた。

店に足を踏み入れるのは、これが初めてのことだった。

奈津子に誘われはしたが、実際にここに来たことはなかった。かつてはヤクザと刑事という特殊な立場だったが、警察を辞めて月日が経った今、そんなことはどうでもよかった。

ただ父親の刀根と娘の奈津子に対して、何となくここで会うことに気が引けたからだった。

ガラス扉を開き、店内に入ると、カウンターの奥には刀根がいた。

赤いベストにハンチングといった紳士然としたスタイルでそこに座り、パイプをくわえていた。奈津子が死んで五日間、葬儀の日を除き、私は彼に会うことができなかった。あっけなくこの店で再会できたことが、あまりにも奇妙だった。

それにもかかわらず、いざこうして会えても、私は何もいい出すことができずにいた。刀根も刀根で、私の姿を見てもろくに視線も合わせなかった。まるで互いの不文律《ふぶんりつ》のように。

私はここにゲームをしにきたのではない。刀根と話したかったからだ。しかしそれができずにいた。

会話を交わすどころか、声ひとつかけられないような空気が、この店にはあった。だから私は仕方なくゲームを続けた。

奈津子は刀根からビリヤードを教わらなかったというが、実際に店を仕切っていたのは彼女だっただろう。私はそんな想像をしていた。彼女の姿がない店は、やはり哀しい空気に充《み》ちていた。刀根の静かな姿が、その悲哀の気配をいっそう重くしていた。

刀根真太郎は桜会に報復をする。

そういう男だからだ。

しかし、今の彼の姿にそんな殺気はなかった。哀しみこそまとってはいるが、どこか覇《は》気《き》の抜けた初老の男のように、店の一角に姿をさらしている。そのことが気になってい
た。

「椎名の番だ」

西村の声に我に返った。

店にはわれわれ以外、客はいない。閑散とした店内。パイプ煙草の煙が、天井から低く垂れた照明の中でゆっくりと渦巻いている。独特の甘い匂いが漂っている。

視線を戻し、次のショットを狙った。

三番は反対側のコーナーポケットに近いが、七番が邪魔をしている。クッションを使うしかない。

屈み込んで狙い、思い切って力強く撞いた。

三番には命中したが、ポケットに入らなかった。西村にチャンスがやって来た。

落ち着いて狙い、撞いた。ポケットに球を落とした。コトンと小気味よい音がした。

「うまいじゃないか」

「まぐれだよ」

そういいながら、西村はキューの先端に青いチョークを塗った。

「さっきの引き球は、誰かに習ったのか」

「昔、覚えたんだ」

私は答えて、また刀根を見た。

彼はパイプを口の端にくわえ、新聞を傍らに置き、今は週刊誌を読んでいた。

西村が三番をポケットに落とした。

けっきょく、このゲームで九番を落としたのは彼だった。

自販機からコーラを買ってきて、西村がいった。

「ナインボールは苦手みたいだな」

「昔はキャロムのほうの専門だったんだ」

若い頃にやっていたのは、ポケットのないキャロム・ビリヤードだった。四つ球、スリークッション。穴に落とすという爽快感はないが、ねらった通りに球が動いて当たったときの嬉しさは、また格別なものだった。


表のドアが開いて、客がふたり入ってきた。

私は振り向き、驚いた。

サングラスに白いスーツの男は、あの山本だった。隣にはアロハシャツの坊主頭。名はたしか長谷川だった。昨日、稲田組の事務所の前で見たヤクザたちだ。

彼らに遅れて、もうひとりが店に入ってきた。やたらと背の高い色黒の男だった。ほっそりした首。黒いスーツの袖から見える手首も細い。顔に表情はなく、彫り物か人形のようだ。

その人物は異彩を放っていた。目に見えない殺気のようなものを、私は感じた。

むろんヤクザに違いない。しかし、何かが違う。

西村が硬直していた。緊張に頬を引きつらせている。

ヤクザたちは私たちの横を通り抜け、店の奥のカウンターに向かった。

「刀根さん」

山本が、サングラスを外して声をかけた。「ちいと話がありますけえ、来ましたがのう」

彼は動じなかった。知らん顔でパイプをくわえている。

「ここでの狼藉《ろうぜき》は許さん」

私の言葉に、山本が振り向いた。

「どこかで会《お》うたのう。昨日、事務所の前で見かけたフーテン野郎か」

私は床を鳴らして歩き、山本の後ろに立った。

「店から出て行け」

敵意を剝き出しにした長谷川が私に突っかかろうとしたが、山本が片手で止めた。

「いっぱしにゆうちょるが、お前は刀根さんの何なんじゃ」

山本がそういった。

「古いつきあいだ」

するとと山本が口の端を吊り上げた。それが笑いだと私は気づいた。

「お前、ただのフーテンじゃなかろうが。相変わらずデカの匂いがぷんぷんするくせに、追いつめられた犬みたいな目をしちょる」

私は黙っていた。

「思い出した。昔、ヤクザと昵懇《じっこん》になった刑事がおったっちゅう話じゃが、お前のことか」

「椎名さん」

名を呼ばれて、見ると、いつの間にか刀根が立ち上がっていた。カウンターに立ちこめる紫煙の中で彼がいった。「あなたはそいつと関わらんでいい。大丈夫。ただの話し合いだ」

刀根にいわれては仕方なかった。私は少しばかり下がった。

山本は刀根に向き直った。

相変わらず濃い煙をくゆらせながら、刀根は冷ややかな視線を向けている。

いや、山本を見ているのではないと私は気づいた。数歩、後ろに立っている長身の男に視線を投げているのだった。

「お嬢さんのこと、ホンマに気の毒でした。お葬式にも行けませんで」

そういって山本が形ばかりのお辞儀をした。

刀根は返事をしなかった。

ただじっと背の高い男を見つめていた。山本がそれに気づいたようだ。

「申し遅れちょりました」

山本が黒スーツの長身の男を指差した。

「ご存じですよね。島岡《しまおか》です。少し前まで神戸《こうべ》のほうにおったんですが、今度、うちで預かることになったもんですけえ」

痩せた男は、鋭い視線でカウンターの奥にいる刀根を見据えている。

「それをいうためにわざわざ来たのか」

「礼儀ですよ、刀根さん。あなたには挨拶ぐらいしちょこうと思いまして」

「俺はもう組とは関係ない。だいいち、礼儀のなんたるかを知っているとは驚きだな」

「また、ご冗談を――」

刀根は硬い表情で島岡を見据えている。

また、入口の扉が軋んで開いた。

刀根の表情が変わった。

それに気づいたのか、山本と長谷川が振り返った。もうひとり、島岡も。

入口に立つ黒いジャケットの痩せた姿。

安藤光一だった。

鬼気迫るような形相《ぎょうそう》をしている。

だらりとぶら下げた右手に白鞘の匕首を握っていた。安藤は店内を見回し、私の姿も目に留めたが、何もいわずに山本に鋭い視線を投げた。

「安藤か。久しぶりじゃのう」

山本が唇の端を歪めて喋《しゃべ》った。

「ヤッパを抜け、山本」

安藤が声を押し殺していった。

「そんとなもん、持ってきちょらんわ。ここへは挨拶に来ただけじゃけ」

山本が答えた。

安藤が一歩、踏み出した。

店の入口に立つ彼の姿は、外から光の中で、ひとつの影になってみえた。右手の鞘に収まった匕首が目立っている。

山本の近くで、長谷川がズボンのポケットからナイフを出した。

金属音を立てて細身の刃が飛び出す。匕首に比べるとオモチャのようだ。

「やめちょけ」

山本が制止すると、彼は頷き、黙ってナイフの刃を折りたたんだ。

島岡——そう呼ばれた長身瘦軀《ちょうしんそうく》の男だけは、微動だにしなかった。表情すらも、まるで変わっていない。さながら死人がそこに立っているようだ。

「刀根さんに手を出したら、俺が許さん」

安藤がいいながら、さらに山本に近づいた。長谷川がその前に立ちはだかる。

島岡と呼ばれた男も、少しだけ立ち位置を変えていた。

「安藤。やめろ。俺の店で不作法はならん」

刀根の低い声。

とたんに安藤の顔が歪んだ。歯を食いしばっていた。

「しかし——」

「お前の出る幕ではないといってる」

店主は岩のように硬い顔のまま、あらぬほうを見ている。

山本がふんと笑った。

「とんだ邪魔が入りましたが、そういうことじゃけえ、これからもよろしゅうに」

長谷川を見て、いった。「おい。いぬるぞ」

山本がゆっくりと歩き出した。長谷川が続いた。

私の横を通り抜け、硬直したままの西村の近くを通り、匕首を持ったまま固まっている安藤の傍を通って、山本と長谷川が店を出ていった。

ドアが軋み、閉じた。

長身の男だけがその場に残った。

店の中央付近で島岡はじっと刀根を見つめている。

相変わらず感情は読めないが、明らかな表情の変化があった。鋭い目が、刺すような視線を送っている。

刀根は一瞬だけ彼を見て、すぐにまた目を離した。

ふいに島岡が黙って背を向けた。フロアに靴音を響かせて歩き、ドアを開き、外に出た。

店のドアがゆっくりと閉じた。階段に響く靴音が小さくなっていく。

私はその場に立ち尽くしていた。

「刀根さん」と、安藤がかすれた声を絞り出した。

「帰れ」

刀根はそういった。

「組長を取られたんですよ。なんで桜会の奴らをやらないんです？　いつから腑抜《ふぬ》けみたいになっちまったんですか。まさか、奈津子さんのことがあって？」

「ここには来るなといったはずだ。帰れ」

そういうと、刀根はゆっくりと立ち上がり、カウンターの奥に消えた。

匕首が鞘といっしょに床に音を立てて転がった。安藤はそれに気づかなかったようだった。

彼は素早く踵を返した。乱暴に扉を押し開け、店を出ていった。

西村が溜息をついた。血の気を失った顔になっている。

私は何度か呼吸をくり返してから、さっきまで刀根が座っていたカウンターに視線を戻した。

陶器の灰皿に彼のパイプが置かれていた。

ステムの部分が、真っぷたつにへし折られているのに気づいた。

「椎名……」

西村が恐る恐る声をかけてきた。

私は彼を無視し、落ちていた匕首を掴むと、店を飛び出した。

いつしかとっぷりと夜が更けていた。

アスファルトから熱気が立ち昇り、街灯の下、いかつい肩を揺らして歩く米兵たちのTシャツの胸の真ん中や両脇に、汗の染みがあった。

後ろ手に匕首を隠しながら彼らの間を擦《す》り抜けて、私は遠くに見える安藤の後ろ姿を追った。

彼はやや前屈みに、ゆっくりと歩いていた。

「安藤」

追いつきざま、肩を叩いた。

安藤はそれを振り払い、なおも歩いている。

腕を摑んでやると、やっと立ち止まった。横断歩道の真ん中だった。

ゆっくりと振り返る彼に匕首を渡した。

安藤はそれを無造作に摑み、上着の下に仕舞った。両目に涙が光っていた。

「覇気が抜けたな、あの人から」

「刀根は本当にもう動かないのか。稲田の仇を討つつもりはないのか?」

彼は私をちらと見たが、ふたたび前を向いて歩き出した。

私は立ち止まったままだった。

なぜか安藤を追えなかった。

やがて信号が変わり、クラクションの音で我に返った。

6

門前川の河口が眼前に広がっていた。

ずいぶんと遠く離れた対岸に米軍基地が見えている。

遥かに霞んだ滑走路をF４ファントムが疾走していった。アフターバーナーを全開にして機首を持ち上げたかと思うと、ふわりと見事に浮かび上がった。ジェット戦闘機はゆるやかな曲線を描きつつ、薄灰色の筋を曳きながら青空の彼方に消えてゆく。

しばらく空にわだかまっていた轟音《ごうおん》も、やがて聞こえなくなった。

滑走路に沿って続く対岸の堤防と建物群はまるでジオラマセットのようだ。岸辺をジョギングしている米兵たちは芥子粒《けしつぶ》のように小さく、ゆっくりと移動していた。

潮の香りを含んだ川風に、汗はすっかり乾いていた。

トヨタ・セリカを堤防沿いに停めると、私はドアを開いて降りた。

こちら岸の堤は、海の手前でゆるやかにカーブを切り、長々と続いている。コンクリの壁にスプレーで乱暴に綴られた暴走族の落書きが、強い日差しや風雨にさらされて薄れ、消えかかっている。

ちょうど潮が引いていて、水面は低かった。海草のこびりついた岩が波間に顔を覗かせ、名も知らない白く小さな鳥が、そこに止まって翼を休めている。沖合をゆっくり滑る漁船の発動機の音がひどく寂しく聞こえる。

海の反対側は溜池《ためいけ》と蓮田《はすだ》が入り交じった広大な平地だ。幾何学《きかがく》模様のように直線で形成される畔道《あぜみち》の途中に、斜めに傾いて停まっている白い軽トラックが、潮風を受けてひどく錆び付いている。

「やはり、ここだったか」

私は独りごちた。

すぐ目の前に、白いホンダ・シビックが堤防に沿って停まっていた。ボロボロであちこち錆の浮いた車体だった。

刀根はよくこの門前川の下流で釣りをしていたという。

橋の上で会ったとき、奈津子が笑いながらいったことを、ふと思い出した。だから車を飛ばして来てみた。

　堤の下を覗き込むと、やはり刀根はそこにいた。波打ち際に面したコンクリの足場に座り、波間に釣糸を垂れていた。その姿が海からの照り返しを受け、シルエットになって見える。

　石段を下り、そっと彼の傍に行った。

　刀根は一瞬、私を横目で捉え、すぐに視線を波間に戻した。

「座っていいかな」

　刀根は黙って頷いた。

　眩しげな目線は、相変わらず釣糸の向こうを見ている。ほつれた短い白髪が、風に揺れている。

　少し離れたコンクリの上に私は座った。

　傍らにたたんで置かれた赤いハンカチの上に、ベント型のパイプがあった。長い間、使い込まれたのだろう、ブライヤーのあちこちが黒光りしている。ビリヤード店で彼がへし折ったものとは違うタイプだ。

　隣にパイプの葉を入れたブリキ缶がある。ボルクムリーフと読めた。

「今日は朝からここに?」

しばらくして、返事があった。

「ああ」

「店は夜からか？」

「しばらく開けないことにした。ろくでもない客ばかりが来るからの」

「稲田組とはまだ……」

「関係ない。連中が勝手にちょっかい出してくるだけだ」

刀根はパイプを手にし、ブリキの缶から煙草の葉を取り出した。少しばかりつまんではパイプのボウルに詰め始めた。それからマッチを擦って火を点けた。ボウルの中で盛り上がった葉を皺だらけの指先で押し込み、もう一度、火を点けた。

刀根の仕種を見ていつも思うのだが、指が熱くないのかと不思議だった。

甘い香りの煙を吐き出してから、彼はかすかに目を細め、満足げな表情を浮かべた。立ち昇る煙の中に、何かを見つめているように思えた。

「奈津子のことではずいぶんと世話になった。そのことであんたに大きな迷惑をかけた」

「それはいいんだ」

「あんたには返し切れぬ借りと恩義がある。だが……」

言葉を失ったように、刀根は口をつぐんだ。

刀根がいいたいことは、わかっていた。

「彼女が死んだ本当の理由を知りたい」

「それを知ってどうなるわけでもなかろう」

刀根はそういって笑った。が、目だけは別だった。

釣り竿のリールをゆっくりと廻して糸を巻き取り、餌《えさ》を付け直し、また波間に放った。

沖合に小さく水柱が立った。

「昨日、山本たちが店に来たのは、あんたを挑発するためだったのか」

「知らんよ」

「それにしても腑に落ちない。刀根真太郎が死ねば、古い稲田組は完全に一掃される。だったら、山本たちも遠回しなことをせずにあんたを殺せばいいはずだ。それなのにあいつはあんたが自分から動くのを待っている。なぜだ」

刀根は黙っていた。穏やかな顔だった。

私は内心、動揺していた。

警察官だった時代は、ヤクザの不法行為を取り締まる職務があった。だから、いくら義侠心からしたこととはいえ、刀根の無法を許すわけにはいかなかった。しかし、今となってはそんな職務に縛られることはない。刀根の、彼らしい生き様を最後まで見届けたい気持ちがある。

その刀根が、別人のように変わっていた。

「稲田の仇討ちはしないのか」

刀根は目を細めて川を見つめている。私もふと、自分があの橋の上から川面を見下ろしていたことを思い出した。

「あの世界からは足を洗ったのだよ」

刀根はそうつぶやいた。

私は信じられない思いで彼を見つめた。

覇気が抜けてしまった。安藤はそんなことをいっていた。本当にそうなのかもしれないと思った。

意外な驚きであり、動揺せざるを得なかった。

私が刀根という人物に惹かれていたのは、人間性もあるが、愚直なまでの侠気のせいだった。それが今となっては虚像でしかなかったのだろうか。刀根という人間のイメージが足元から音を立てて崩れていくようだった。

たしかに誰にでも引き際というものはある。

刀根はすでにそれを越えて、今に至っているのか。

娘の奈津子の死で、刀根という男は終わった。

本当にそうなのだろうか。

轟音が頭上をよぎった。

かん高いエンジン音を立てて、ハリアー戦闘機の影が私たちを掠《かす》めていった。

強烈なそのジェット音はいつまでも辺りに谺《こだま》し、いっさいの音が途絶された。私は歯噛みしながら、基地に降りていくハリアーの後ろ姿を睨みつけた。


真夏の太陽が中天にかかり、日差しが堤のコンクリートを焼き付かせようとしていた。

刀根と別れ、土手道に続くコンクリの階段を上り終えた。

少し体力が戻ってきていることに気づいた。数日前、刀根の店の急な外階段を上るときは息が上がったものだった。不摂生な生活は相変わらずだが、目的を失って惰性で生きていたときに比べると、たしかに何かが変わっていた。

土手道に出ると、刀根の車であるシビックに並んで、灰色のルーチェが停まっているのに気づいた。助手席のドアが開き、シャツの前を胸まではだけさせた寺崎が現われた。

「ここはえらい暑いのう」

白いハンカチで頬や顎の下を拭きながら、彼は目を細めて空を見た。

「まだ、刀根の近くをうろついちょるんか」

「そっちこそ、どうなんだ」

「わしゃあ、仕事じゃけえの」

寺崎は薄笑いを浮かべ、防波堤に両手をかけると、伸び上がるようにして下を見た。

「毎日毎日、ここか。困った太公望《たいこうぼう》じゃ」

私に向き直ると、髭の剃り残しが目立つ顎を指先で掻きながら、いった。「今日明日にも、広島に殴り込んでもよさげなものなのに、毎日ああしてご隠居さまみたいに川に釣り糸を垂れとる。仇を討たんといけんはずの大石内蔵助《おおいしくらのすけ》が、日夜、遊興に耽《ふけ》っちょるって風情じゃの」

「刀根が動くと思ってるわけだ」

「なして、そんとなことをいう?」

「尾《つ》け回してるのがその証拠だ。だが、無駄足だよ」

「ほうかのう」

「刀根はもう昔の刀根じゃない。それだけのことだ」

寺崎は答えず、首の後ろをポリポリと掻いた。セブンスターの箱を胸ポケットから取り出して一本くわえた。青い百円ライターは、例によってなかなか点かない。

舌打ちをしてあきらめ、煙草とライターをポケットに戻した。

「ところで、あんたが桜会に接近してるという話を聞いた。あの山本とは懇意なんだろう？」

寺崎は一瞬、眉間に皺を寄せたが、ふいにまた意地悪げな笑いを浮かべた。

「それはお前も同じじっちゃ。あんときは刑事でありながら刀根に入れ込み過ぎた」

「納得の上だった」

「稲田から袖の下を受け取っちょったちゅう噂もあった」

「それは違う。当時の秋山課長が、稲田ではなく榎本一家から受け取っていたんだ」

寺崎は冷ややかな視線を私に向けた。

この男は知っていた。いや、おそらく当時、刑事課を始めとして、署内の大勢が真相を知っていたはずだ。それでいて誰もがあえてことを正そうとはしなかった。汚職の噂があった私に罪をかぶせ、切り捨てれば、それですべてが丸く収まったからだ。

おそらく寺崎にしてみれば、私は負け犬なのだろう。すでに終わった人間なのだ。だから、刀根の近くで私を見るたびに苛立っている。

「寺崎。あんたはあの秋山の子飼いだった。同じ道を歩むつもりなんだろう」

「好きに思うちょればええ」

彼は私にそういうと、傍らに唾を吐き捨てた。

私は自分の車に向かって歩いた。

ドアに手をかけ、ふと右手を見た。河口からずっと先に瀬戸内の海が広がっている。

真水が海水と交わる汽水域。

川が終わる場所だった。

ふと、どうして刀根はいつもここで釣りをしているのだろうかと思った。

＊

その晩、〈シーキャンプ〉の扉を開くと、いつか米軍基地の下士官クラブで会った女がいた。

彼女はひとり、カウンターにもたれてビールを飲んでいた。

前と違って、ドレスの色は地味だった。喪服のような黒だ。指輪は相変わらずふたつ、右の手首に銀色に光るブレスレットがあった。

初めて西村と来て以来、私はすっかりここの常連になっていた。

とはいえ、マスターの名前すら知らない。ただ、ひとりでふらりとやって来て、酩酊しない程度に飲むだけだ。

　女の名を苦労して思い出した。

「佳代さん?」

　彼女は振り向き、眉間に皺を寄せた。

「あんた、誰じゃったかね?」

「基地のクラブで、安藤といっしょにいた椎名です」

　女はふっと笑い、ハンドバッグから爪楊枝《つまようじ》みたいに細い煙草を取り出して、金メッキのライターで火を点けた。

「ああ、覚えちょるよ」

　小さく煙を吐き出し、瓶のままのハイネケンをあおった。

「よくここへ?」

「あら、安藤ちゃんにこの店を教えたのはあたしっちゃ」

　彼女はまた笑い、煙草を灰皿に置いた。吸い口にピンクのルージュがついていた。

「ヘンリーって、覚えちょる?」

　唐突にいわれて面食らった。

「この前、あなたが捜していた伍長さんですか」

「本国に帰ってしもうたんよ。あたしに黙ってさ。借金はそのままじゃし、あたしをアメリカに連れていくっちゅう約束も、これで水の泡」

うつろな目で私を見た。「男って、なしていつもそうなん?」

暗に責められている気がして肩身が狭くなる。

「さあ」

肩をすくめ、マスターを見た。彼は知らん顔で、グラスを磨いている。

「あの大金、ヤクザから借りたんじゃけえ、あたし、殺されるよ」

「ヤクザから?」

「稲田さんとこいね。刀根さんも安藤ちゃんも抜けてしもうたけどね。今じゃ広島くんだりのチンピラが我が物顔で組に出入りするようになって、あたしゃ情けないいね」

佳代はハイネケンを飲み干し、カウンターに空瓶を乱暴に置いた。

「刀根とは――」

「あの人は優しかったけえね。若い頃は、刀根さんに憧れてたもんちゃ。あたしだけじゃのうて、裏町に生きちょる女らは、みんな刀根さんが好きじゃったいね」

ふいに彼女の目から大粒の涙がポロッとこぼれた。それが顎を伝ってテーブルに落ちると、佳代はその上に突っ伏した。

「あの、きれいじゃった娘さん。可哀想にねえ」

私はマスターにハイネケンを頼み、彼女に差し出した。皺だらけの手でその瓶を摑むと、佳代は乱暴にあおった。

「私も彼女を知っていました。自殺するとは……」

「自殺?」

彼女はまたうつろな目で私を見た。すぐに視線をそらし、あらぬ方角を見つめた。

「自殺……自殺……」

細い指先が、ビール瓶のラベルを撫でている。

「自殺なんかじゃない。殺されたに決まっちょるよ」

「どうして、そう決めつけるんです」

「あの子のことは、よう知っちょった。親がどうだからって、わざわざ自殺をするようなことをするわけないじゃろう?」

それは私も思っていた。たかだか三年だが、奈津子のことを身近から見ていたからだ。

佳代は唇を嚙んだ。それから、いった。「やったのは山本たちに決まっちょる。昨日、あいつんところの三下が、そんなことをゆうちょったのを聞いたけえ。間違いないっちゃ」

「どんなことを聞いたんですか」

「あの子を……無理やりにさらって事務所に連れ込んだっちゅうてゆうとった」

息が止まった。

周囲の世界が真っ白にすっ飛んだような気がした。

しばし、言葉を失っていた。

ようやくわかった。

刀根は娘の死の理由を私にいわないのではなく、いえなかったのだ。

「まさか睡眠薬を飲むなんてねえ」

佳代はまたビールを飲み、肘の前にドンと置いた。

「安藤は……あいつはそのことを?」

彼女は小さくかぶりを振った。

「知っちょらんよ。あの人のことじゃけえ、そんなことを知ったら、いのいちばんに事務所に殴り込むに決まっちょるじゃろ?」

カウンターに雫《しずく》が落ちた。

それが自分の涙だと気づいたとたん、堰《せき》を切ったように温かなものが頬を伝わり始めた。

「あんた。どうしたの。しっかりしなよ」

彼女に肩を抱き締められた。化粧の匂いが鼻を突いた。

「泣き上戸《じょうご》なん？」

私は答えられなかった。目を閉じてじっと時が過ぎるのを待った。

おかげで私は、マスターが水割りをそっと前に置いていてくれていたことに気づかなかった。

7

西村亨のカローラは三十分ばかり遅れてやって来た。

私は金網にもたれ、滑走路を滑っていくイントルーダー爆撃機を、肩越しに目で追っていた。

爆音が谺している。イントルーダーがずっと向こうに飛び去っていくと、今度は三機のスカイホークがコクピットのキャノピーを開けたまま、ゆっくりと動き出した。その前に誘導員らしい人物が、しきりに両手の誘導棒を振っていた。タキシングという地上移動だった。

金網の向こうの芝生が陽炎に揺らいでいる。その中に、迷彩服姿のMPらしい兵士がひとり、傍に大きなジャーマン・シェパードが座り、じっとこちらを見張っている。軍用犬なのだろう。両目をじっと見ても、犬は視線をそらさない。よほど訓練されていないかぎり、こうはいかない。

車のドアを開け、西村が降りてきた。

「また変な場所に呼び出したな」

「あまり人に見られたくないんだ。勘弁してくれ」

西村はさっそくマールボロを取り出し、新品のガスライターで火を点けた。

そうして車体にもたれた。

「まあ、アメリカに侵食されたこの場所は、ある意味、いちばん岩国らしいところかもな。柳ジョージ&レイニーウッドの〈FENCEの向こうのアメリカ〉って曲を知ってるか」

私は黙ってかぶりを振った。

「憧れのアメリカって国への一途な想いというか。まあ、いい曲だよ」

そういって口の端を吊り上げ、西村は煙を洩らした。

「ところで何の用だ？　人に見られたくないとはどういうことだ」

私は用件を切り出そうとした。

突然、爆音が激しくなった。

金網の向こう、さっきまでタキシングをしていたスカイホークの一機が滑走路を滑り、機首を上げて飛び立った。

ジェットの轟音が消えるまで待つつもりだったが、戦闘機は海の上の入道雲の周りを旋回して戻ってきた。次第に高度を落とし、滑走路に脚をつけるや、すぐにまた上昇していく。

滑走路を空母の甲板に見立てた、タッチ・アンド・ゴーという発着訓練である。

轟音がいつまで経っても止まないので、大声でいった。

「大野木に会うつもりだ」

「何だって？」

爆音の中で、私はもう一度、叫んだ。

「大野木重光だ。奴の居場所とか行きつけの店の情報はあるか」

彼は意外な顔をし、私を見つめた。「今さら何のつもりだ。昔、あいつを逮捕したじゃないか」

「理由はいえない」

「悪いことに手を染めるつもりじゃないだろうな」

「違う」

嘘をついた。

西村はいぶかしげにこっちを睨んだ。「何を考えてる？」

「いいから。情報を持ってるのか、それとも――」

「わかったよ。最近、大野木とはご無沙汰だから、少し探りを入れてみる。こっちから連絡するから、待ってろ」

「すまない」

煙草を捨て、スニーカーの底で踏みつけた。

彼はいった。「いっとくが、トラブルはなしだな？」

「ああ」

「こっちには何の迷惑もかからない。そうだな？」

「大丈夫だ」

彼は車に戻った。運転席に座り、ドアを閉めようとしてから、また私を見た。

「お前、まるで憑《とりつ》かれてるみたいだな」

「何に？」

「あの刀根父娘《おやこ》にだ」

何もいえずにいると、ドアが閉まり、エンジン音とともに車が動き出した。

カローラの後ろ姿が、陽炎に揺らぎながら遠ざかっていく。

そう。

私はきっと、あのふたりに憑かれている。

だが、西村は知らないのだ。彼女の死の真相を。

私は向き直り、歩き出した。

＊

基地正面ゲートの詰め所の窓口には、ふたりの守衛がいた。

ひとりは黒人の兵士。もうひとりは同じ服を着た日本人だった。眼鏡をかけた色白の中年男だ。前に安藤とふたりでここに来たとき、彼と会っていた。

ガラス越しに声をかけると、彼は座ったまま、私を見た。

「ＰＸにいる安藤を呼び出してもらいたいんですが」

彼はじっとこちらを見た。思い出したようだ。「あなたはたしか――?」

「友人の椎名といいます」

「ちょっと待ってて下さい」

窓の傍の壁にかけてある電話を取って、ボタンをいくつか押した。

何カ所かの交換係を通すらしく、自分の身分と呼出し先の責任者の名前を何度も告げている。その間、私はゲートを通り過ぎる兵隊たちや自動車を見ていた。

ナンバープレートにYというアルファベット文字を記した車なら、ほとんど何のチェックもなしにゲートを抜けている。いちいち通行証を提示しているのは、日本人の運転するトラックなどだ。

「つながりましたよ」と、守衛の男がいった。

「すぐここに来るといってます。待っていて下さい」

礼をいい、私は歩道の端にあるコンクリの縁石に腰を下ろした。

通り過ぎる何人かの外国人に混じって、女子大生ふうの娘たちが数人、ゲートにやって来た。さっきの守衛に免許証を提示し、書類に書き込んでいる。基地の中で飲み食いするのだろう。

やがて安藤がやって来た。

ファスナーつきの青い上着が、いかにも雑貨屋の店員らしい。

「落ち着いた場所で話したいんだ」

すると彼はちょっと途惑った顔をした。

「ちょうど仕事がひけたところだ。どこかの店に行こうか」

「手短に話したいんだよ」

「いいさ」

われわれは歩き出した。

安藤が川に向かって石を投げた。サイドスローだ。

水面《みなも》に小さな波紋がいくつも続き、石は中洲のどこかに飛び込んでカチリと音を立てた。

今津川の川岸だった。

「奈津子は自殺なんかじゃない。殺されたんだ」

私はそう切り出した。

安藤が振り返った。

「惚《ぼ》けてきたんじゃないのか、おっさん。彼女は睡眠薬を飲んだんだぞ」

「そうせざるを得なかったんだ。あの子は山本たちに拉致された。事務所に連れ込まれたそうだ」

安藤はあっけにとられた顔で私を見ていたが、ふいに双眸《そうぼう》に異様な光が生じた。

「本当なのか、それ」

「あの佳代っていう女からだ。稲田組のチンピラのひとりが話すのを聞いたそうだ」

「男と金にだらしのない、酔っ払いババアじゃないか」

「だが、私は本当だと思う」

安藤は血走った目で私を見ていたが、ふいに糸が切れたようにその場に座り込んだ。

膝を抱えてから、彼は小さく息を吐いた。

「だったら刀根さん……なんで行かないんだよ」

私はズボンのポケットに手を入れながら、キラキラと光る川面を見つめた。

「これから報復をするつもりだ」

安藤が顔を上げた。険しい表情をしている。

私は腰をかがめ、足元にあった丸い石を拾った。それを意味もなく凝視した。

「奈津子は私の、いや……私と亡き妻の娘同然だった。このまま見過ごすことはできない」

対岸の土手道を、黄色い市営バスがゆっくりと走っていた。

それに向けて石を投げた。川の途中に小さな水柱が立った。

「おっさん」

安藤は私の目を見ていった。「やるのは刀根さんだ。あんたじゃない」

「彼は動かない。すっかり人が変わったようにな」

安藤は俯いた。口惜しげな横顔を私は見た。あのとき、〈栄光〉に匕首をもって乗り込んできたのは、刀根をけしかけるためだったのだろう。しかしそれは無駄になった。

「刀根さんは行くよ、きっと」

安藤は下を向いたまま、いった。「あれからいろいろと考えてみたんだ。あの人が決行しないはずがない。自分の中にすべてを抱え込んで地獄にでも行く決心をしてるはずだ」

私は深い息をつき、こういった。

「本人に会って話をし、確かめた。刀根はもう昔の彼じゃない。まさしく腑抜けだ」

安藤が私を見上げた。その目が真っ赤に充血していた。

「莫迦なことをいうな」

「だから、私がやる。奈津子の仇を討つ」

それまで見せなかった安藤の表情。彼の左眉の上の大きな傷に、いやでも目が行った。

斬った張ったの世界を生きてきたヤクザらしさが、ふいに見えた気がした。しかし、私の中で怒りの炎はおさまらなかった。

「刀根さんは腑抜けじゃない」

「どっちみち、もう立ち上がらない人間だ」

ふいに安藤が立ち上がった。パラパラと小石が落ちる音がした。

私は間近から安藤をにらみつけた。

「いっぱしのことをいうんじゃねえよ」

ふいに胸ぐらを摑まれた。

安藤が右手の拳を握るのが見えた。避ける余裕もなかった。空気を切る音がしたかと思うと、すさまじい打撃が左の頬に叩き込まれた。

私はのけぞった。河原の石と砂礫《されき》の上に背中から倒れ込んだ。

安藤は肩を揺らしながら、仰向けの私を見下ろしていた。

突如、私の中に怒りがわいた。

それまでの不安や苛立ちといった感情がひとつに収斂《しゅうれん》し、憤怒《ふんぬ》というかたちになった。

おそらく安藤もそうなのだろう。

今の私たちはやり場のない怒りを、互いに向け合っていた。

私は右手で砂礫を摑んだ。安藤に投げつけた。たまたまそれが顔に当たった。安藤がよろけた。

立ち上がって飛びかかった。

安藤の右手を摑んだ。引きつけながら、足払いをかけた。安藤が川辺に倒れ込んだ。すかさずのしかかって顔を殴った。右。左。皮膚の下の硬い骨が鋼鉄のようだった。さらに右を殴ろうとしたとたん、安藤の手が伸びてきて、私の左耳を摑んだ。

激痛に声を洩らした。耳がちぎれそうだった。

起き上がった安藤が、左拳を飛ばしてきた。顎下《がっか》に拳固《げんこ》がまともに命中して、私は浅瀬の中に背中から落ちた。派手な水飛沫《みずしぶき》が上がり、川の水が鼻や口に流れ込んできた。

むせかえる私の肩を摑み、安藤は容赦なく殴りつけてきた。

こめかみに石のような拳を食らって、私はひっくり返った。

安藤が飛びかかってきた。

「この、くそったれ！」

怒声を放たれた。腫れ上がった安藤の顔。その鼻腔から血が流れていた。

彼は右手の肘を引いた。また、殴りつけてくるつもりだ。

とっさに私は両手を伸ばし、髪の毛を摑んだ。引きちぎらんばかりの力で引っ張った。

安藤が歯を食いしばり、声を洩らした。彼の左のフックが空《くう》を切った。ブンと音を立てて鼻先をかすめた瞬間、煙草のヤニの臭いがした。

その腕を私の両手が捉えた。躰をひねりながら、体落《たいお》としをかけた。

安藤が仰向けに浅瀬に落ちた。

水面に出ている岩に頭をぶつけたらしく、鈍い音がした。反転して俯せになり、そのまま安藤は水中に沈んだ。

私は立ち上がろうとして足がもつれた。酔っ払ったように視界が回転した。

倒れ込み、あわてて顔を起こしたが、安藤の姿がない。

驚いて見回すと、少し離れた場所に黒い麻の上着とジーンズが、半ば水に没して見えた。

深みにはまったらしく、安藤が下流に流れ始めていた。

それに気づいて、私はよろけながらも走った。膝までの深さのところで、飛びついて彼の手を摑んだ。ところが指先が滑り、安藤の躰が離れていった。ゆっくりと流れに呑み込まれていく。

「安藤――!」

浅瀬を走り、俯せになって流されている安藤にふたたび飛びついた。

ぐったりとした安藤の躰。胴体に右腕を回し、必死に掴んだ。左腕で岸辺の岩角を握り、渾身の力を込めて、安藤の躰を浅瀬に戻した。

膝を突き、安藤の躰を持って、少しずつ岸辺に引きずり上げた。

まばらに草の生えた砂地に仰向けにした。

安藤は目を開いていた。

一瞬、死んでいるのかと思ったが、違った。

大きく胸を上下させてから、身をよじり、激しく咳《しわぶ》いた。何度も咳き込み、空嘔《からえずき》をくり返してから、ようやく静かになった。

「おっさんを……殺すところだった」

安藤がいった。別人のようにしゃがれた声だ。

「こっちもだ」

そういった。

ふいに安藤が躰をふるわせた。

笑っているのだと気づいた。顔面が青痣《あおあざ》だらけだった。左目の周囲が膨らみ始めている。しかも頭髪の間からしたたる真っ赤な血が顔に流れて凄絶《せいぜつ》だった。

「大丈夫か……お前?」

安藤は自分の顔を撫でて、掌の血を見つめた。

「見た目ほど重傷じゃねえよ」

そういって安藤はゆっくりと身を起こした。

頭の皮膚が切れると、びっくりするほど血が流れることがある。おそらく岩角にぶつけたときに切ったのだろう。

「疲れたな」

膝頭に顔を埋《うず》めるように、彼はじっとしていた。

奥歯がゴロッと動いたのがわかった。血にまみれたそれを、私は傍らに吐き出した。

耳鳴りがしていた。殴られた顔が火のように熱かった。

きっと安藤以上に顔じゅうが痣だらけのはずだ。

対岸の土手道を数台のバイクが、派手なエンジン音を蹴立てて走って行った。

「わかった」

腫れ上がった顔で、安藤が私を見ていった。「俺たちでやろう」

「お前……」

「山本だよ。きっと奈津子さんを姦《や》ったのは」

安藤はそういった。ずぶ濡れの顔を掌で擦《こす》った。「あいつと、長谷川っていう野郎に違いない」

「アロハシャツで坊主頭の男か?」

「そうだ」

私はまた石を取り、川に投げつけた。安藤と取っ組み合いをやったせいで、力がまったく入らなかった。石はすぐ近くの水面に音を立てて落ちた。

波紋が揺れている。

「山本は手練《てだ》れだ。あんたが元警官でも、ちょっとやそっとじゃ狙えない」

「武器を調達するつもりだ。ただし、お前みたいに匕首は使えないから、別のものにする」

「そんなコネはあるのか、おっさん」

私はうなずいた。「心当たりがある」

「ちゃっかりしてやがる」

安藤は濡れた髪をかき上げた。

「だが、もし成功しても、刀根は私たちを許さないだろうな」

「そんときは、あの人の目の前で腹でも切るよ」

「とんだ忠臣蔵《ちゆうしんぐら》だな」

そういって私は笑った。かすれた声を洩らし、躰を揺すった。

安藤も笑い始めた。

しかしすぐに真顔に戻った。

その双眸の奥に怒りの炎が見えた気がした。

＊

電話のベルが鳴った。

飲みかけの缶ビールを座卓に置いて立ち上がり、あわてて棚に手を伸ばした。

立てかけてあった電話帳やアルバムがドサドサと落ちたが、かまわず電話に手をかけ、受話器を取った。

——椎名。俺だ。

「西村か」

——大野木が出入りしてる店の噂を聞いたんで調べた。

彼の声はどこか低く、元気がなかった。

「教えてくれ」

——〈スワン〉って店だ。〈スバル座〉のすぐ近くだからわかる。

「どっからの情報だ」

——室木《むろのき》の清水《しみず》興産の社長が、大野木が仮出所したときの身元引受人になってた。うちの支局は清水のところにコネがあったからな。「ここだけの話だ」ということで、大野木のことを教えてもらったんだ。

「なるほど。ありがとう」

——いっとくが、俺は行かないぜ。

「わかっている」

——本当に会うつもりか？　あいつはきっとお前に恨みを持ってる。現役ならともかく、警察を辞めたお前に何をするかわからんぞ。

「覚悟しとくよ」

——なあ。何だって今さら……。

「ちょっとケリを付けたいことがあってな」

そういって電話を切り、時計を見た。午後七時をちょっと回ったところだった。

床に落ちていた電話帳とアルバムを拾い上げた。

ビニールシートがめくれて、カラー写真が一枚、アルバムからはみ出していた。私はそれを手に取った。思わず見入っていた。

一九七〇年の九月。

私と妻の美紗が住んでいた家の前で撮影した写真だった。

中学生の制服を着た十三歳の奈津子が微笑《ほほえ》んでいた。その隣で、白いブラウスの美紗が笑っている。ふたりは実の親子のように身を寄せ合っていた。

それをしまおうとしたが、できなかった。

私はしばらくふたりの顔を見てから、座卓の上にそっと置いた。


〈スバル座〉は、空港通りにある小さな映画館だ。

名画座とか二番館などと呼ばれる小屋で、もっぱら古い映画を二本立てなどで上映していた。土曜の午後などは、狭い場内が傍若無人に騒ぐヤンキーたちでいっぱいになり、そんな中で、古い、傷だらけのフィルムで上映される映画を観るのは楽しい経験だった。

しかしここも何年か前の暮れに、惜しまれながらも閉館に追い込まれてしまっていた。

それを知ったのは、つい最近のことだ。

私は夜の熱気に揺らぐような路上を歩き、シャッターが下ろされた切符売り場の前を通った。

顔のあちこちに青痣を作り、絆創膏《ばんそうこう》を貼っている。そんな私を見て、通行人が遠巻きに避けている。だからポケットに両手を突っ込み、猫背で俯きがちに歩いた。

ちょうど通り過ぎる車のライトが当たると、すっかり色褪《あ》せたジョン・ウェイン主演の映画『マックQ』のポスターが、ガラスケースの中に貼られたまま、めくれかかっている。

少し行ったところに、〈SWAN〉と書かれた水色の看板が見えた。

ガラス扉を開けると、ケニー・ロジャースの歌声が聞こえた。狭い店内、カウンターだけの小さなバーだった。客はふたり。達磨《だるま》のように太った金髪の女を抱いたGIカットの若い白人だ。カウンターの奥の席に並んでいた。

「いらっしゃい」

カウンターの向こうにいるマダムが、抑揚のない声で挨拶してきた。

赤く染めた髪を後ろで留めている。ラメの入った紫のドレスをはおり、厚化粧だった。顔に刻み込まれた皺からすると五十代半ばぐらいの年齢だろう。

扉に近い止まり木に座ると、彼女はお手拭きを渡してきた。

青痣と絆創膏だらけの私の顔をちらと見てから、目を逸らした。

ビールを頼んだ。

隣の米兵は女を抱いたまま、こっちをじろじろと見ている。やはり顔の傷が気になるらしい。

私は知らん顔を決め込み、扉のガラス越しに外の通りを眺めていた。


八時を少し回った頃、表の歩道に野太い排気音が聞こえた。

ガラス扉越しに見ると、ちょうど店の近くに真っ黒いハーレイ・ダビッドソンが停まるところだった。同じように黒い革ジャンを着た大柄な男が、ジーンズとブーツに包まれた長い脚を振ってバイクを降り、ヘルメットを脱ぎながら店に向かって歩いてきた。まるでアメリカの暴走族のヘッドのような姿だった。

店の扉が開き、彼がのっそりと入ってきた。

記憶に残っているとおりだった。頭が天井に届くかと思うほどの巨漢だ。

私の姿を見たとたん、相手は大げさに目を見開いた。

しばしその場に立ち尽くし、黙ってこちらを凝視していた。ボサボサに垂らした前髪の下に、鋭い眼光がある。痘痕面《あばたづら》で髭が濃く、唇が薄く乾涸《ひから》びていた。ずいぶんと着込んだ黒の革ジャンのあちこちの染めが剝げている。

ふいに彼は表情を殺すと、隣のストゥールに座り、横のカウンターにヘルメットを置いた。

キリンビールを注文し、出てきた瓶をグラスに注ぐと、ひと息であおった。

「今日は早いのね」と、マダムがいい、煙草をくわえた。

「ちょいとな」

彼はそういってから、横目で私を見た。

「偶然ちゅうわけでもなさそうだな」

昔のままの野太い声だった。「今さら何の用なんか。警察、辞めたんじゃろ?」

「頼みがあって来た」

「あんたに頼まれるようなもんはない」

大野木は鼻を鳴らして嗤った。それからギョロリとした独特の目で私を見た。

「その顔の傷はどうした? いつか会《お》うたら、徹底的にボコボコにしてやりたいと思うとったが、初《しょ》っぱなからそれか」

「ちょっと転んで怪我をしただけだ」

彼は大柄な躰を揺すって笑った。

かつて私自身が手錠をかけた相手である。刑期を終えて出所したとはいえ、恨み辛《つら》みが消えたわけではあるまい。ましてや私自身が警察を辞めた身だ。彼と会うにあたって、それなりに覚悟は決めていたつもりだった。

マダムがカウンター越しに手を伸ばし、私のビール瓶を取って、グラスに注いでくれた。

彼の連れとなると態度が違うらしい。

「ずいぶんと変わったのう」

手酌でグラスにビールを注ぎながら大野木がいった。「別人のようじゃが」

「よくいわれる」

私はハイライトのパッケージを出して、彼にかざした。

「吸うか」

「煙草はやらねえ。七年前の取調室でもそうゆうたろ？」

私は口をすぼめて煙草を引っ込めた。

「あの頃のことは、もう百年も昔のようだ」

「今さら、なして俺に？」

私はどう切り出そうかと思った。

「お前の商売のことだ」

大野木は表情を硬くした。

「はっきりいわんとわからんな」

「ここで声にしていってもいいのか？」

マダムは知らん顔で煙草をふかしている。

米兵は金髪を抱き締めたまま、その胸に顔を埋めていた。

「かまわんよ」

大野木の声にうなずき、私は単刀直入にこういった。

「今でも拳銃は扱ってるのか」

大野木は信じられないという表情で私を見据えた。ふいにその目が揺らぎ、前を見た。

「刑事を辞めたあんたが、そんとなことを訊くなよ」

「個人的な事情だ」

「バカたれが、そんとな戯《ざ》れ言《ごと》を信じるわけなかろうが」

吐き捨てるように大野木がいった。私のシャツの胸元を摑んで来た。グイッと引かれて腰が浮いた。すさまじい力だったが、いっさい抵抗しなかった。

「俺をからこうちょるんか。しばきあげるど、こら」

「真面目な話だ」

お互い間近で視線を交わしていた。

ふいに大野木が私の胸を離した。中腰の状態で引っ張られていた私は、またストゥールに座った。

彼はビールを飲んだ。

「扱《あつこ》うちょるよ。今、流しとるのは麻薬に覚醒剤、それからチャカだ。想像はつくだろうが、取引相手はほとんどがヤー公だ」

「拳銃を手に入れたい」

大野木は眉をしかめた。「何の冗談なんじゃ」

「冗談なんかじゃない。本気でお前にいってる。だから、ここに来たんだ」

「これが罠《わな》じゃないと、どうして証明できる」

「信じてもらうしかない」

「お前はのう、あんとき、俺をパクったんじゃ。わかっちょんのか」

大野木は興奮に血走った目を見開き、私をじっと見ていた。

何とか自分を抑えているようだった。昔の彼なら問答無用だっただろう。

「よくわかってる。殺したいほど恨んでるんだろうな」

すると大野木は眉根を寄せた。

「ホンマをゆうたら、そこまで恨んじゃあおらん。実際、あんたにゃ、ようしてもらえたけえ。刑期もだいぶ軽うなったし」

途惑ったような顔をして、彼はまた私を見た。

「なんぼ出せるんか？」

「三十万ならどうだ」

彼は肩を揺らした。

「笑わせせんな。そんとなはした金で、今どきどんなのを買おうっちゅうんだ。ええか、チャカの相場は百万だ。チャチな改造銃でも、五十万はする。だいたい何に使うつもりなんか」

そんな額だとは思わなかった。

アメリカでは、銃は自転車とそう違わない値段で売られている。日本では闇ルートでも、その十倍から二十倍と踏んでいた。

「関西のヤクザどもが抗争のために争って買いあさってのう。値段が吊り上がったんじゃや。とくに俺が扱こうとるのは、フィリピン辺りで密造されたサタデイ・ナイト・スペシャルとはわけが違う、ちゃんとした米軍流れだ。おいそれと得意先以外に流せるもんじゃねえ。ましてやあんたは元警官じゃろうが」

私は眉根を寄せて考えていた。

他に切り札はない。真意を告げるしかなかった。

「ある人間を殺すつもりだ」

「なに？」

「人を殺すために銃が要る」

マダムがギョッとして、こっちを見ている。右手の指に挟んだ煙草から、床に灰が落ちた。

「よけいにダメじゃ」

そういって大野木はかぶりを振った。「拳銃で誰かを殺しゃあ、まずあんたは逮捕される。そしたら、あんたはサツに俺のことを話すじゃろう。たとえ売った証拠がのうても、また厄介なことになる。そうなりゃ信用もガタ落ちっちゅうことだ」

「こっちが素人じゃないことはわかってるはずだ」

すると、彼は露骨に舌打ちをした。

「誰を殺《や》るっちゅうんだ？」

「桜会の山本。それから長谷川」

彼はふうっと息を投げた。

しばし黙り込み、ビールを飲んだ。そして、横目でこっちを見た。

「よほどの理由があるらしいのう」

私はうなずいた。

大野木は相変わらず険しい顔でこっちを見ていた。マダムがすかさず注いだ。

またビールをあおり、空《から》のグラスをカウンターに置いた。

「俺はあんたにゃチャカを売らん」

そういってから、口を引き結んだ。しばし経ってから、いった。「――ほいじゃが、あんたがそれを手に入れる方法がひとつだけある。俺はいっさい関わらんし、ただ紹介するだけじゃ。だが、それなりに危険はともなう」

うなずいた。

相手の血走った目を見据えて、視線を逸らさなかった。

「ええんか？　ホンマにやばい橋を渡ることになるど？」

「覚悟の上だ」

彼は渋々といったふうに頷いた。

「きっかり百万で段取りをつけちゃる。出せるか？」

「何とかする」

「ほんなら明日の午後七時。金を用意して新港の貯木場《ちょぼくじょう》に来い。ええか」

うなずいた。

彼はふっと笑い、二本目のビールを注文した。

それからカウンターの上にある小さなカゴから、店の紙マッチをひとつとって、私に渡してきた。

「これが合図じゃ」

「合図?」

「奴らに会うたら、マッチを擦って火を点ける。それが合図っちゅうことじゃ」

「奴ら?」

「よけいな詮索はせんでええ。ただ、相手に会うて金を渡し、ブツを受け取る。それだけだ」

「わかった」

私はうなずき、紙マッチをポケットに入れた。

「ゆうちょくが裏切るなよ」

「わかってる」

やがてビールを飲み終えると、彼は黙ってカウンターから立ち上がった。

ヘルメットを取って店を出ていった。

バイクの周りに、何人かの若者たちが集まっている。それを手で追い払い、大野木はヘルメットを被った。革ジャンのジッパーを上げ、ハーレイにまたがると、腰を使ってペダルをキックした。重々しいエンジンの咆哮《ほうこう》が聞こえ、やがて巨大なバイクは夜の通りに飛び出し、廃《すた》れた映画館〈スバル座〉の看板の向こうに消えていった。

彼が店に勘定も払っていないことに気づいたのは、しばらく経ってからのことだ。

マダムはそれを気にもしていないようだった。

8

遠くに石油精製工場のコンビナートが見えている。

ＳＦ映画に出てきそうな幾何学的な形をした排気塔の群れが林立し、いくつかの先端から派手な炎が上がっていた。

海が汚れていた。

波間に並んだ丸太の間に見える海水は、七色の油が浮かび毒々しく夕陽を反射させている。

それでも海風は潮の香りを運んでいるし、近くにある燈台の周りには、白い海鳥が何羽か舞っていた。

私はあちこちにヒビが入ったコンクリの防波堤に座り、ぼんやりと思いに耽っていた。薄手のスーツの内ポケットには、銀行から下ろした百万が入っていた。作業所の仕事の給料は雀《すずめ》の涙だ。だから、妻が入っていた生命保険金を少しずつ切り崩しながら生きていた。それもこれで最後になる。

足元にはもう三本、吸い終えた煙草が落ちて、靴底で踏みつぶされている。

奈津子が死んで以来、いろいろな人間に会い、いくつかの事件に巻き込まれてきた。その多くが奈津子の死に起因するものだった。

警察を辞め、妻に先立たれ、暗い絶望の中に溺れるように生きていた。

それでも、たったの三年とはいえ、娘同然だった奈津子の小さな幸せを祈ることが、私にとっての救いであった。その奈津子を失った今、私は悲愴《ひそう》な運命を受け入れて朽ち果てていくべきだったのかもしれない。

しかし、そうはならなかった。

奈津子の死の理由を初めて知って、私は自分の胸の中に残っていた怒りの炎が少しずつ立ち上がっていくのを感じた。権力に押しつぶされるままだったり、不幸を従容と受け入れて、枯れ落ちるのをただ待つよりも、自分が納得するまで動いてみようと思った。

おそらく、私の中にわずかに残っていた矜持《きょうじ》なのだろう。

あの安藤という若者の存在が、そんな私の背中を押してくれた気がする。

彼の気っ風《きぶ》の良さに、どこか惹かれていた。

ヤクザの世界から抜けきれないアウトローのくせに、どこか人間くさく、個性の輝きを放っているような気がした。私が警察時代に知っていた、どんなヤクザや愚連隊とも違う、奇妙な男だった。

そんな安藤と、大人げない殴り合い、取っ組み合いをしたあげく、出した結論が復讐である。

刀根が動かないのなら、自分たちでやろう。

そんな子供じみた仇討ちをするしかないおのれを、ここで嗤うわけにもいかなかった。

おそらく、私は私なりの死に場所を求めているのだ。

ひとり自堕落《じだらく》に朽ちて死んでいくよりも、そのほうがいい。

誰のためでもない。少なくとも自分を納得させるため。

そう思えば、少しは心が晴れるはずだった。

しかし胸の奥に鉛《なまり》のように存在する重みはなぜか消えようとしない。

午後七時という指定だった。

しかしその時刻を回っても、誰かが姿を現わしたり、車の音がする気配はなかった。

苛立ちのうちに、二十分、三十分と経過していった。私は煙草を吸いながら、何度も溜息をついた。やはりあの大野木に騙されたのではないか。

七時四十分になった。

さすがにもう待てなかった。引き返そうと思ったときだった。

ふいに倉庫の向こうから、ヘッドライトの鋭い光条が伸びてきた。排気音とともに薄闇を突いて現われたのは、一台の黒い車。ローレルだ。

倉庫の前を通り、埠頭に回ってくると、車はゆっくりと停止した。ドアが開き、ふたりの男が降りてきた。ひとりは痩せ型でダークスーツにネクタイ。もうひとりは巨漢。Tシャツにジーンズというラフな恰好だ。いずれも鋭い目つきでこっちを見ている。

大野木ではない。

それはわかっていた。自分は関わらないといっていたからだ。

私はこちらに歩いてくるふたりの男を見ていた。

ちょうど背後の水銀灯の前で、彼らの姿は黒い影法師になって見える。スーツの男はやはり長身痩軀だった。もうひとりは、プロレスラーのようにがっしりとした体格だ。

どちらも危ない世界の人間だとひと目でわかる。しかし、ヤクザではなかった。私は彼らをさんざん見馴れているが、目の前に立つ二名はまるで雰囲気が違った。

彼らを見ていると背筋が寒くなった。初めての経験だった。

「椎名ってのは、あんたか？」

痩せたほうが低い声でいった。

私は黙って頷いた。

ジーンズ姿の巨漢のほうは外国人のようだ。赤毛で目が大きい。

彼らは私の顔の傷をしげしげと見ていた。

「本人だと証明してくれ」

痩せた男がいった。

私はポケットから〈スワン〉のロゴが印刷された紙マッチを取り出した。一本ちぎってから、火を点けた。

痩せた男が懐から煙草を取り出した。一本くわえて、顔を寄せてきた。

私はマッチを近づけた。男の火口が赤く光った。

男が私から離れた。マッチを捨てたそのとき、もうひとりの巨漢がいないことに気づいた。

驚いたとたん、後ろから羽交い締めにされた。丸太のように太い、毛むくじゃらの腕が私の両脇の下から腕を捉えていた。逃れようにも万力のようにガッシリと摑まれ、身動きが取れなかった。

スーツの男が冷ややかな顔で私を見ていた。

「何のつもりだ？」

そういうと、相手はふいに足を踏み出してきた。

エナメルの硬い靴先が私の鳩尾《みぞおち》に食い込んだ。私は苦痛に躰を曲げようとしたが、それも果たせなかった。後ろから腕を捉えられていたからだ。

続いてもう一発が来た。

今度は巨漢が私の躰を離し、おかげで前のめりにくずおれた。

顔から倒れ込んだ。

むせて、吐いた。酸っぱい胃液ばかりがダラダラと口からあふれ、流れた。

意識が暗転しかかったところに、グイッと躰を摑まれて引き起こされたのがわかった。

そのままズルズルとどこかに引きずられていく。

海にでも放り込まれるのかと思った。

むりに目を開いたとたん、私は乱暴に突き飛ばされた。瘦せた男がいつの間にかローレルの後部座席のドアを開いていた。その車内に、文字通り放り込まれるように入れられた。柔らかなシートに躰が弾んだとたん、ドアが閉められた。

瘦せた男が隣に乗ってきた。くわえ煙草のままだった。

車が大きく揺れた。運転席にあの巨漢が乗ったからだとわかった。

私は猫背気味になったまま、二度も蹴られた鳩尾を押さえていた。そこに重い痛みが疼いている。容赦のない蹴りだったが、格闘技か何かをやっているのだろう。

吐き気が依然として残っていたが、何とか我慢した。

視界がまだぼんやりしている。

「どこへ……行く」

私はいった。喉がつぶれたような声だった。

「何をいってんだ。商売の話だろ？　あんたをそこに連れていくんだよ」

そういって瘦せた男が煙草の火口を赤く光らせながら嗤った。

ふいに何かを顔に装着された。

アイマスクだとわかった。

「しばらく我慢しな。場所を知られるとまずいんだ」

仕方なかった。目を塞がれたまま、私は身を固くしていた。

殺すつもりなら、わざわざこんなことはしないはずだ。そう自分にいい聞かせた。

こちらが金を所持しているとわかっているはずだから、本気で商売をする気がないなら、それを強奪《ごうだつ》して終わりにするだろう。

鳩尾を左手で押さえながら、私は訊いた。

「大野木とはどういう関係だ」

すると隣から男のしゃがれた声が返ってきた。

「そんな奴は知らん。俺たちゃ、あんたをある場所まで連れていくだけさ。あんたが何をやりたいかとか、そんなことに興味はねえんだ」

車内に充満する煙草の臭いが漂ってくる。

胸の鼓動が早くなっていた。

蹴られた鳩尾がなおも疼く。息も苦しかった。

すでに後悔していた。たとえ、殺されなくても、どんなことが待ち受けているのか、考えるだけでも恐ろしかった。しかしもう遅かった。ここまで来たら、行くところまで行くしかない。

たとえ無事ではすまないとしても。

車は何度も路地を曲がり、やがて停まった。

私は目隠しをしたまま、車を降ろされた。

「こっちだ」

痩せた男に肘を摑まれ、歩かされた。

反対側からもうひとりの巨漢が私の肩をつかんでいた。階段を下っているようだ。

「ジジイみたいにヨタヨタしてんじゃねえよ」

スーツの男がいい、外国人がヘラヘラと笑うのが聞こえた。

鳩尾が重く痛む。喉の奥に鉄の味がする。

さっきの蹴りで胃袋にダメージを受けたようだ。

やがて扉が軋んで開き、閉じた。ドアの開閉音がやけに反響するので、コンクリで囲まれた地下室のような場所にいるのだろうと想像した。濃密な煙草の匂いがしていた。

椅子のようなものに座らされ、突然、アイマスクが取られた。

眩しさに、私は目を細め、顔を背けた。

ライトが、まともに当てられていた。テーブルの端に取り付けられたZライトだった。

警察時代の取調室の机を思い出した。

机の向こうに、男がひとり座っている。男の背後にふたり立っていた。

真正面に座っているのは、素肌にアーミージャケットを引っ掛けた、スキンヘッドの中年男だ。口の端に、細長い煙草をぶら下げている。日本人らしい。

後ろに立っている二名は、どちらも外国人だった。ひとりは顔の下半分を髭で覆い、白いシャツにサスペンダー。腹が大きく突き出している。もうひとりはTシャツの黒人。ボクサーのようにがっしりとした体軀だ。

私を連れてきたふたりは、どこにもいなかった。

「目が馴れるまで、待っていようか?」

スキンヘッドの男がいった。

「もういい」と、私はいった。

あらためて部屋を見渡すと、想像通り、コンクリの壁に囲まれた狭い地下室だ。

窓はなく、このテーブルと椅子以外には、天井からぶら下げられたサンドバッグがあるだけだ。今、叩かれたばかりのように、それは小さくゆっくりと、そして重たげに揺れていた。

空気がやけにひんやりとしていた。

空調機らしいものがどこにも見当たらないのに不思議だった。

「痛い目に遭わせて悪かったな」

スキンヘッドの男がそういった。「俺たちのやり方なんだ」

「招かれざる客だということはわかってる」

ようやく鳩尾の痛みが少し和らいだ。しかし全身が緊張に硬くなっている。

スキンヘッドの男はテーブルの上で腕を組み、私を見据えた。話しぶりからして、やはり日本人のようだった。

どこかで見た顔だと思った。

暴力団関係のブラックリストに写真が載っていた。名前は失念したが、十年ばかり前、榎本一家の幹部のひとりだったはずだ。私は現職時代、榎本の担当だったことはない。だから、さいわい彼は私のことを知らないはずだ。

男が私を睨《ね》めつけながらいった。「お前は銃が欲しい。そうだな？」

私は黙ってうなずいた。

彼は笑い、後ろにいる黒人に手で合図した。黒人が、持っていた大きなトランクをテーブルに置き、馴れた仕草でふたつの金属の留金《とめがね》を同時に外した。

「ちょうど入ったばかりだ」

男がいって、トランクを回転させ、私に向けた。

ウレタンの波形クッションの上に拳銃が置かれている。

オートマチックだった。警察では半自動式と呼ばれる。

さんざん使い込まれて黒染めもかなり剝《は》げてはいたが、それはたしかにコルト・ガバメントと呼ばれる・四五口径の自動拳銃だった。見たところ、粗悪なコピー拳銃ではないようだ。GIコルトとか・四五オートなどと略され、長い間、米軍の制式銃となっているものらしい。

男が口の端を歪めながらいった。

「こいつが商品だ。手にとってもいいぞ」

私はオートマチックの銃把《じゅうは》を摑んだ。ずっしりとした重量感が伝わってくる。目映いライトに照らされ、木製グリップ以外の全体が、青っぽく光っている。銃把の弾倉《だんそう》は抜いてあった。一キロ前後の重さが伝わる。

警察官のときは、・三八口径のニューナンブというリボルバーを使っていた。射撃訓練はたかだか年に一度程度だったし、実際に現場で拳銃を使ったこともない。まして自動拳銃には縁がなかった。

「米軍流れのブツだ。ベトナムあたりで何人か殺したものかもしれんな」

スキンヘッドの男の言葉が耳朶《じだ》を打った。

テーブルにそっと拳銃を置くと、木製の銃把が少し濡れていた。掌を見ると、したたり落ちるぐらいに汗ばんでいる。

「いいのか」

私はうなずいた。

「金を見せろ」

上着の内ポケットに手を入れ、茶封筒を出した。

「きっかり百万ある。数えろ」

男は乱暴に引ったくり、ライトの光の中で札びらを数え出した。確認すると、頷いた。

「弾丸《タマ》は十発だ」

男が片手で合図をすると、髭の外国人が弾丸を持ってきた。

拳銃といっしょに茶色の油紙に包み込み、紙の手提げ袋に入れてから、私に渡した。それを受け取る右手がかすかに震えているのに気づいた。

「これで取引は終わりだ」

「ひとつだけ、訊きたい」

「何だ？」

「これが不良品でないという保証はあるのか」

スキンヘッドの男は片眉を吊り上げ、私を睨んだ。

「よけいな詮索はしないことだ。お前は金を払い、銃を手に入れた。それでいいじゃないか」

背後の扉が開いた。

振り向くと、私をここに連れてきた、あのふたりがやって来た。

ふたたび目隠しをされ、私は銃と弾薬を入れた手提げ袋を持ったまま両手をとられ、ゆっくりと階段を上らされていた。

＊

アパートにたどり着いて、ようやく安心した。

車を停めて外に出ると、酔っ払いみたいな足取りで階段を伝った。部屋のドアを開けて、中に転がり込むように入った。

真っ暗な部屋。手探りで紐のスイッチを探り、明かりを点けた。

荷物を投げ出して、しばし畳の上に胡座をかき、放心していた。鳩尾を蹴られたダメージがまだ疼いている。安藤と殴り合いをした顔の傷もヒリヒリと痛んだ。

私はこうして何をしているのだろうかと自問した。

答えが出るはずもなかった。

ふいに手の甲が痒《かゆ》くなって、見ると小さな蚊がとまっていた。掌で叩こうとしたが、逃げられた。

しきりと羽音がするので立ち上がり、蚊取り線香をつけて近くに置いた。

棚の上のデジタル時計が、午後九時過ぎを表示している。夕食はとっていなかったが、空腹感がまったくなかった。ただ、ひどく喉が渇いていた。

流し台に行ってコップで水を三杯飲んだ。それから薬缶で湯を沸かした。

気がつくと、ガスレンジの前に立ったまま、青い炎を見つめながら、ぼうっと考え事をしていた。

本当に、いったい自分は何をやっているのだろう。

薬缶が笛を鳴らし始めた。

火を止めて、インスタントコーヒーを作った。

窓辺の壁にもたれて、時間をかけてそれを飲んだ。

それから窓を閉め、施錠した。カーテンを閉める。表の扉に鍵をかけたのを何度も確認してから、ナップサックを開いて手提げ袋を取り出した。

カーペットの上に胡座《あぐら》をかくと、油紙を開いた。中に拳銃が入っている。

ひんやりとした金属の感触と独特の重み。グリップを握る掌が、またじわっと汗ばむ。

自分は本当にあの地下室に行ったのだろうかと思った。

まるで悪い夢でも見たかのようだった。しかし、現実に目の前に拳銃はあった。

それをじっと見つめた。

錆《さび》が浮き出した表面。いかにも使い込まれた印象がある。

――ベトナムあたりで何人か殺したものかもしれんな。

あの男の声が心によみがえってきた。

グリップは木製。鋭いチェッカーが刻まれていて、中央に馬のマークのゴールドメダリオンが埋め込んである。それがコルト社の商標らしい。つまり粗悪なコピーやニセモノではないということだ。

グリップの横に小さな丸いボタンがあった。それを押すと、唐突に弾倉が飛び出してきてびっくりした。錆が浮き出した鉄製の弾倉だったが、内部のバネは強くテンションがかかっていた。

弾倉を銃把に差し込んだ。カチンと音がして、それははまった。

映画の見よう見まねで、スライドに手をかけ、引く。かなり動作が重い。何とか引ききった。

スライドが後退したかたちで止まった。

その戻し方がわからなかった。あれこれやってみて、真ん中にあるレバーのようなものを下げると、突然、金属音とともにスライドが閉鎖した。

驚いた。心臓が口から飛び出すかと思った。動悸《どうき》が落ち着くまでしばしかかった。

警察用のリボルバーしか知らない私にとって、これはまさに未知のものだった。それもきわめて危険な道具だ。

ふたたび銃把の中から弾倉を抜いた。

警察学校で拳銃の仕組みは習ったはずだった。しかし、こうしたメカニズムに関してはまるで無知だった。オートマチックは一発、発砲するごとにスライドが動き、空薬莢《からやっきょう》を排出して、次弾を銃身の薬室《やくしつ》に装塡《そうてん》する。その仕組みは論理的には知っていた。

スライドを少し動かし、薬室に弾丸がないことを確認してから、拇指で撃鉄《げきてつ》を起こしてみた。カチッと音がするまで起こし、そっと引鉄《ひきがね》を引いた。

金属音とともに撃鉄が落ちた。

もう一度、撃鉄を拇指で起こし、引鉄を引く。

金属音。

何度か、それをくり返した。

緊張に脂汗《あぶらあせ》が顔に浮いていた。

銃把を握ったときに、拇指がかかる部分に三角形のパーツがある。それは撃鉄が起きている状態のときだけ動いた。安全装置のようだ。もうひとつ、グリップ後部に前後に可動する部分があり、それを握り込まないと引鉄が作動しないことに気づいた。おそらくそれもこの拳銃の安全装置なのだろう。

気がつくと、右手の拇指の腹と、人差し指の付け根がザックリと切れていた。バネが強力な実銃のパーツを不馴れな手つきで扱っているうち、いつの間にか怪我をしていたようだ。

輪ゴムで縛って止血をしてから、絆創膏を貼り付けた。

時計を見ると、夜中の十二時を過ぎていた。

油紙の中に残っていた十発の弾丸を傍に置いた。

弾丸はそれぞれ真鍮の薬莢の色がくすんでいたが、実用には耐えそうに見えた。

どこかで試射をしなければならなかった。

昔観た映画で、列車の通る瞬間、騒音にまぎれて鉄橋の下で撃つ場面があった。だが、この街の鉄橋はいずれも市街地に近い。だとすると深い山の中か、音が拡散しやすい海である。
ドングリを太くしたような寸詰まりの・四五口径の弾丸を掌に載せ、しばらく眺めた。
ふいに電話が鳴った。
受話器を取り、耳に当てると、安藤の声がした。
──おっさん？
そうだ、といった。
──事務所に直接、行くのは無謀だ。山本の行きつけの店がある。そこでやる。
「いつだ？」
──明日から張り込んでいよう。奴が現われ次第、やる。たぶん長谷川もいるはずだ。
奴らはいつもつるんでいるからな。
「わかった。明日、どこかで会おう」
──〈シーキャンプ〉に午後六時にいる。
電話が切れた。
私は受話器をそっと戻し、壁に掛かった鏡を覗き込んだ。
死神にとりつかれたような、青白い顔の自分がそこにいた。
カーペットの上に置いてある拳銃を振り返った。

明日の決行となれば、何としても、今夜のうちに撃ってみないといざというときに使えない。そのことに気づいた。

＊

浜辺に座ると、暗い海の彼方に漁火《いさりび》がいくつか見えた。小島の燈台の光の前を、ゆっくりとすれ違っている。

市街地からずいぶんと離れた海辺だった。

腕時計を見ると、真夜中の二時を過ぎていた。疲れていたが眠気はなかった。

背後にある国道一八八号線は、さすがに深夜とあって、ときおり轟然《ごうぜん》たる音を立てて走ってくる長距離トラック以外、ほとんど車の通行はない。

ペンライトの淡い光をたよりに、ナップサックから拳銃を出した。

弾倉には三発の弾丸が込めてある。前もって試したが、最大、七発の装塡ができることはわかっていた。

スライドを引いて一発目を薬室に送り、引鉄を絞ればいい。

問題は、どのぐらいの発射音がするかだ。開けた海とはいえ、静かな夜中だ。音は遠くまで響くかもしれない。

ハンカチでグリップを拭き、握った。

大型の軍用拳銃だが、形状とかデザインが優れているのか、妙にしっくりと手にはまる。

スライドに手をかけ、力強く引いた。弾倉の最上部にある初弾が排莢口《はいきょうこう》から見える。手を離すと、スライドは弾丸をくわえ込んで閉鎖した。後部の撃鉄が起きている。

右手で握る。今一度、安全装置がきちんとかかることを確認し、また外した。

背後を振り返り、国道に車のライトが見えないのを確かめた。

向き直り、暗い海に向けて両手でかまえてみる。

かまえた両手が小刻みに震えている。

――引鉄は引かず、静かに絞り込む。

警察時代に射撃場で教官にいわれた言葉がよみがえった。

射撃はもともと不得手だった。ろくに標的に当たらず、周囲の失笑を買ったほどだ。

あの頃は目的がなかった。ただ、義務として拳銃を使うために訓練を受けただけだ。しかし、今は違う。明らかに目的がある。人を殺すという目的が。

緊張の中、引鉄にあてがう指に、少しずつ力を送った。

唐突に撃発した。

銃声は、間近に落雷したような音だった。

馬の後足で蹴りつけられたように、反動が両手を跳ね上げた。上半身が反り返った。

鼓膜が破れたかと思った。すさまじい耳鳴りがしていた。

痛む手首を押さえながら、右手に握ったままの拳銃を見つめた。

スライドが閉鎖し、また撃鉄が起きていた。排莢と次弾の装塡が行われていた。とっさに安全装置をかけねばと思い、焦って拇指でそれを作動させた。

緊張のため、躰がコチコチに硬直していた。

何度か深呼吸をして、周囲を見渡した。

大きな銃声だったが、車が近づいてきたり、誰かがこっちに来る気配はない。

火薬が燃焼した独特の匂いが鼻腔を突いてくる。

耳鳴りがまだ続いていた。

ティッシュペーパーを尻ポケットに入れていたのを思い出し、一枚、取り出した。それをふたつに破って丸めると、唾で濡らしてから、左右の耳に突っ込んだ。これで少しは防音になるだろう。

周囲を確認してから、また両手で海に向かってかまえた。

真っ暗な水平線上に、遠くの漁り火が揺らいでいる。

安全装置を外した。パチンという金属音に緊張する。

続いて引鉄を絞った。

強烈な炸裂音とともに、銃が手の中で跳ね上がった。右目の視界の端を、金色の空薬莢が斜めに横切って飛んだのが見えた。

反動でたたらを踏みそうになったが、何とかこらえた。残響が海の向こうに消えていった。

用心深く周囲を見てから、硝煙《しょうえん》をまとった拳銃に目を戻した。

弾倉を抜き、スライドをぎこちなく引いて、薬室に入っていた三発目の弾丸を弾《はじ》いた。

スライドを戻し、拳銃を左手に持ち替えた。右手はびっしりと汗ばんでいた。

耳に詰めていたティッシュペーパーをとり、ズボンのポケットからペンライトを取り出した。その淡い光輪の中、砂地に落ちていたふたつの空薬莢を見つけて素早く回収した。

右手の指の付け根に巻いていた絆創膏が剝がれて、また少し血が滲んでいた。発砲の反動のためらしかった。手がひどく震えているのに気づいた。まるでアル中の禁断症状のようだ。

背後の国道からエンジンの音がした。ぎょっとして振り向いた。

ガードレール越しに、ヘッドライトが近づいてくるのが見えた。同時に、赤いランプの明滅も。

パトカーだった。

私はその場に凍りついたように立ちすくんだ。

あわててペンライトを消した。

パトカーは制限時速を順守したスピードでやってきて、私がいる海岸の上を通り、そのまま走り去っていった。ルーフの警光灯とテールランプの赤い光が、闇の向こうへと小さくなってゆく。

パトカーが消えた道路をしばし見つめた。戻ってくる様子はなかった。

銃声が聞こえなかったのか。

もし、聞かれたとしても、車のバックファイアと間違えたのかもしれない。

私の車は、少し離れた林の中に駐車していた。

国道の路肩に置いていたら、まず彼らの注意を引いただろう。だから、ホッとした。

私は足元に置いていたナップサックを拾い上げ、拳銃を入れた。それからペンライトを照らしながら、浜を歩き、車道に戻っていった。

9

六時きっかりに〈シーキャンプ〉に行くと、いつかのようにマスターがひとり、黙々とグラスを磨いていた。

カウンターの真ん中の席に座り、銃の入っているナップサックを足元にそっと置いた。

相手は二名、山本と長谷川。ふたりのことをずっと考えていた。

銃口を向けて引鉄を引く。それだけのことだ。

そのあとどうするかは、何も考えていなかった。安藤がいったみたいに、刀根の前で腹を切るわけにはいかなかった。だったら自首するべきか。銃刀法違反と殺人で、私はこの先、一生、刑務所から出ることはないだろう。それでもかまわなかった。どうせ、朽ち果てるだけの人生だ。せめて奈津子の恨みを晴らしてやりたい。

マスターに水割りを頼んだ。

まだ手が少し震えていた。

緊張感が躰を硬直させている。落ち着けと自分にいいきかせる。が、気がつけば貧乏揺すりをしている。たびたび足元のナップサックに視線を落とす。

マスターはいつものように無表情のまま、アイスピックで氷を砕いている。

一度、トイレに立って用を足し、鏡を見た。安藤とやり合った傷がまだ顔にくっきり残っていた。

マスターは気づいていて知らん顔をしているのだろう。

三十分経っても、安藤は現われなかった。

不安がつのったが、とにかく待つしかなかった。

水割りを薄く作ってもらい、それを立て続けに三杯、飲み干していた。

虚ろな目で、吐息を投げつつ、あれこれと想いをめぐらせた。

ドアが開いた。

安藤ではなかった。サラリーマン風の男が三人、カウンターの奥に座った。

「水、くれるかな」

私の声にマスターが頷き、グラスに入れた水に氷を浮かべて差し出してきた。

ひと口飲み、息をついた。

やはり酔っていた。これ以上、飲んだら、ヤクザを撃ちに行くような状況ではなくなるだろう。

マスターと目が合った。

さっきから、こちらを見ているのに気づいた。珍しいことだった。

「あんたはいつも、そうやって黙ってるんだな」

私はそういった。

彼は少し眉をひそめた。

切れ長の目が妙に澄んでいる。顎の下から首筋にかけて、縦に細長い傷があるのに気づいた。事故でできた傷ではなさそうだ。安藤の眉の上の傷を思い出した。

「この国の人間じゃないみたいだが」

そんなことを口にしたのは、たぶん酔った勢いだ。

彼は黙ってうなずいた。

「中国……いや、韓国人か」

「キムさんっていうんだ。雇《やと》われマスターだよ」

奥のカウンターにいた、サラリーマンのひとりがいった。メタルフレームの眼鏡をかけた、四十代ぐらいの男だ。「金大中《キムデジュン》のキムだ。下の名前は何ていうんだっけ?」

マスターは知らん顔だ。

「こんなふうにな。俺たちみたいな古い常連でも、なかなか会話ができないんだ。まあ、そこがええっちゅうか、よけいなしがらみなしで気軽に飲めるから、ここが気に入ってんだが」

そういって眼鏡の男は仲間と笑い合った。

マスターはこっちに背を向け、アイスピックで氷を砕き続けている。

私は水を飲み干し、財布を取り出した。

「いくら？」

マスターが勘定を書いた紙片を差し出してきた。

財布を出して払った。

「安藤をずっと待っていた。あいつが来たら、ここにいるようにいっておいてくれるか」

キムというマスターが目でうなずいた。

店を出ると、アスファルトが放出する夜の熱気がむっと包み込んできた。

安藤のアパートまで歩いて行った。

二階にある部屋は明かりが消え、暗く沈んでいるように見える。

外階段を上り、扉を叩いてみたが、返事はない。ノブに手をかけてみると、回った。鍵がかかっていない。

「安藤」

扉を開け、声をかけた。

暗い部屋は、しんと静まり返っている。電灯のスイッチの場所がわからず、あちこちを手探りした。やっと見つけたとき、部屋のどこかで声がした。

「明かりを点けるな」

安藤の声だった。ひどくかすれている。

「いたのか」

「ああ」

うめき声とも返事ともつかない声。

思い切ってスイッチを入れた。蛍光灯が、じれったく瞬《またた》いてから点いた。

安藤光一は、壁にもたれて足を投げ出していた。片手で脇腹を押さえている。

両足の間から見える畳が赤く染まっている。

血だ。

傍らに、刃渡りの短い飛び出しナイフが落ちていた。

五センチぐらいのブレードに血が付着している。

「どうした……！」

「騒ぐなよ、おっさん」

苦しそうに顔を歪め、腹を押さえたまま、うめくようにいった。シャツが黒いからわかりにくいが、左の脇腹からジーンズの太腿にかけてどす黒く濡れて光っている。

「山本たちか?」

「そうじゃねえ。アメ公だ。俺がぶっ飛ばした奴らだ」

「どうしてここに?」

「こそっと尾けられてたんだろう。いきなり押しかけてきやがった」

またナイフに目をやった。たしかに連中の使いそうな凶器だった。

「よりにもよってこんな日にか?」

「まったくだ」

彼は腹を押さえていた手を離し、自分で見た。血で真っ赤だった。

「ざまあねえな」

「もう喋るな。医者を呼ぶ」

「よけいなことするな。この傷だ。医者なんか呼んだらサツにチクられる」

「仕方ない。仇討ちは私がやる。店の名前を教えてくれればいい」

「おっさんに何ができる」

私はナップサックから拳銃を出して見せた。

安藤の目が見開かれた。

「モデルガンじゃない。本物だ」

「あんた――」

目線が合った。安藤は、私を見据えたまま、立ち上がろうとした。

それを手で制して訊いた。

「何という店だ?」

「俺も行くぜ」

「今のお前には無理だ。店を教えろ」

「浅く刺されただけだ。えぐられちゃいねえ」

そういいざま、畳にひっくり返った。

あきらめず、もう一度、起き直ろうとした。片手をつき、全身に力を入れて上体を起こそうともがいた。もがきながら、声を絞り出した。真っ赤になった満面に、汗が無数の玉となって噴き出している。目が血走っていた。

「奈津子さんが……好きだったんだ」

歯を剝き出して、そういった。

「安藤……」

「俺ぁ、自分が情けねえんだ。何にもできなかったことが」

また床に倒れ、そのまま目を閉じた。

両手で腹を押さえ、肩を揺らして苦しそうに呼吸をしている。

「とにかく医者に行こう」

私はナップサックを担いだ。

＊

「あいつに関わるなといったはずだぞ」

西村がいいながら、ポケットから取り出したマールボロの箱から一本とった。

午後の日差しが、病院の窓から差し込んでいる。

「偶然だ」と、私はいったが、彼は嗤った。

「何度も偶然が重なるものか。なるほど、あの刀根のことに関して、お前たちはつるんでると見たが？」

返す言葉がなかった。

「大野木に会いたがっていたのも、その関連か」

「まあな」

私はごまかすようにいった。

ここは彼の知り合いが個人でやっている病院だった。表に〈吉永《よしなが》医院〉と看板が出ていた。刃物で刺されたとわかる傷を治療した場合、医師は警察に通報する義務がある。しかし、ここは口止め料が効いた。それなりに取られはしたが、さいわい西村がもってくれた。

彼は煙草をくわえた。

ライターを忘れてきたらしい。あちこちのポケットに手を入れ、舌打ちをした。

私は〈スワン〉と印刷された紙マッチを取り出した。銃の密取引のとき、合図に使ったものだった。それをひとつちぎって、火を点け、差し出した。

西村が顔を寄せてきた。

「すまん」

火口が赤く光ると、チリチリとかすかな音がした。

彼は満足げに煙の向こうで目を細くした。

「あんたは?」と、煙草の箱を差し出してきた。

私はそれをとり、ソファの上でフィルターをトントンやってから、くわえ、紙マッチで火を点けた。

『休憩所』

そう記した貼紙が壁に貼ってある前で、私たちはソファに並んで座っていた。

「あの山本な。噂によると、桜会のトップの座を狙ってるらしい」

「まさか」

「今の松尾会長はそろそろ落ち目という話だ」

「稲田組程度の弱小ヤクザじゃ満足できないわけか」

「そうなると広島の勢力はここで一気に拡大して、戦争が始まるかもしれん」

現職の警察官だった頃ならともかく、ヤクザ同士がどれだけ争おうが、自分にはもう関係なかった。何よりも目先のことで、私の頭はいっぱいだった。

「それにしても酷い顔だな」

私は指の間に煙草を挟んだ手で、改めて自分の顔をなぞった。

腫れはずいぶんと引いたが、青痣が残っている。奥歯がひとつ欠け、他の歯もグラグラしているような気がした。新港であの男に蹴られた鳩尾も少し疼いている。

「安藤と取っ組み合いをやったんだ」

「ガキじゃあるまいし」

西村は肩をすぼめた。「お互いにもう四十五だぜ。何やってんだ、お前」

私は少し笑った。

たしかにガキだった。だが、老け込んで朽ち果てていくよりも、ガキになったほうがいい。

安藤のように無軌道に突っ張りをやるエネルギーが、もしかしたら私の中にもまだ残っているかもしれない。

すぐ前の診察室の一角に安藤が眠っている。

医師の話だと、刺し傷は浅く、内臓も傷ついていなかったが、感染症の疑いがあるため、二、三日の入院が必要だった。

「刀根奈津子は桜会の山本たちに拉致されて暴行を受けた。それを悲観しての自殺だった」

むろんそれだけではなく、父親に関する悩みも重なっていたはずだ。

「そうなのか」

驚いた顔で西村が私を見つめた。

「奴らはわざと刀根に仕掛けさせようとしていた。だが、いつまでも刀根が動かないから、そんな蛮行に出たんだろう」

「警察は？」

「本人が被害届を出さないかぎり動けない」

「だが、どうして？　刀根にわざわざ刃を持たせるよりも、奴らのほうから闇討ちしたほうが早いだろう？」

私はうなずいた。

「たしかにそこが腑に落ちない。山本には何か考えがあるんだろうが」

「法律というのは、もっと完璧なもんだとばかり思ってた。弱者を守るためにあるはずだとな。だが、そうじゃないと知ったのは、最近になってからだ」

指に挟んだ煙草から立ち昇る煙を見つめながら、西村がそういった。

「私は最初からそれを知ってた。警察にいれば、いやってほどわかることだ」

西村は振り向いた。

「安藤を刺した奴は誰だ」

「最初に〈シーキャンプ〉に行ったとき、安藤がやっつけたあいつらだ」

「奴らか。まさか、恨みを持ってたのか」

「そのあとも一度あった。たまたま偶然に出会ったんだが」

「やれやれ」

西村はまたいって、マールボロをソファの脇の灰皿でもみ消し、肩で息をついた。「アメリカさんが相手じゃ、たとえ通報があっても捜査にならんな」

「奈津子をひどい目に遭わせたヤクザにも、安藤を刺した兵隊にも、法律は手が出せない」

私の言葉に、西村は黙った。

「法が頼りにならないなら、自分で動かなければならないこともある」

「何がいいたいんだ、椎名」

「奈津子を汚した奴らを私は許せない」

「お前……」

西村は凝然《ぎょうぜん》とした表情で私を見つめている。

しかし私はそれきり振り向かなかった。

安藤は目を覚ましていた。

狭い診察室の片隅にある病床に横たわり、点滴を受けていたが、顔色はよく、刺し傷があることを微塵《みじん》も感じさせない涼やかな表情で私を見ていた。

「腹が減ったんだ、おっさん」

私は笑った。

白いシーツをそっとめくると、腹に巻いた包帯が痛々しい。

「どてッ腹《ぱら》に穴が開いているんだ。少しはがまんしろ」

包帯を撫でながら、彼は訊いた。「さっきのブンヤは?」

「帰った。あいつがここを紹介してくれたからよかった」

私はそういい、ベッドの傍に椅子を引っ張ってきて、そこに座った。「なあ。聞きそびれていたが、山本たちの行きつけの店の名を教えてくれないか」

「おっさん」

彼は静かな声でいった。

「やっぱ、あんたは〝弾《はじ》け〟るべきじゃない。これは俺がやるべきことだ」

「いまさら何をいう」

「ずっと考えてたんだ。俺とあんたは別の世界の人間だ。本来だったら、こんなところにいちゃいけねえ。ひとつ壁を越えたあっちの世界で、あんたは生きてるべきだ」

私は首を振った。

「もう遅いんだ。私はすでに自分の人生を捨てた身だよ。なくしたものを取り戻せないのなら、その埋め合わせをしなければならない」

「それで奈津子さんが喜ぶとでも？」

「誰のためでもない。私は私自身のためにやる」

「屁理屈《へりくつ》こねるんじゃねえよ、おっさん」

安藤が怒鳴った。こちらを睨みつけていた。

あの日の河原と同じ目だった。

しかし安藤の真意はわかっていた。こちらの心を折れさせようとしたのは、何も悪意あってのことではない。だが、そんなことでひるむ私ではない。そのことを安藤もわかっているはずだ。

「屁理屈はどっちだ。そんな姿でいくら怒鳴っても、赤ん坊すら泣かせられるものか」

すると安藤は悲しげな目で私を見た。

椅子から立ち上がり、私は彼に背を向けた。

扉に手をかけたとき、背後から声がした。

「俺ぁ、あんたに死んでほしくねえんだ。刀根さんにもな」

私は振り返らず、そのまま病室を出た。

心の中を風が吹き抜けていた。

＊

稲田組の事務所の前に私は立っていた。

安藤がいう〝弾け〟にきたわけではない。拳銃はアパートの部屋に隠したままだった。たまたま病院がこの事務所に近かったためだ。だから自然と足が向いたのだ。

陽はすでに沈み、街のそこかしこに明かりが点いていたが、事務所のビルはどの階も真っ暗だった。シャッターが下りた窓。目隠し板のようなもので塞がれている窓もある。

空が真っ暗でゴウゴウと風音がしていた。

歩道の足元を、空き缶がカラカラと大きな音を立てて転がっていく。

真っ黒な雲が早足で流れていた。悪天の前ぶれかもしれなかった。

しばらく立っていると、背後に車の音がした。走ってくるのは、黒いベンツだ。ハイビームを目映く光らせたまま、車は私の傍を通り抜け、事務所前の歩道に寄って停まった。

運転席のドアが開いて、スーツ姿の若い男が出てきた。髪が短く、眉を細く剃ったその男が、後ろに回り込んで後部座席のドアを開く。出てきたのは、あの山本だった。

事務所ビルから灰色のジャージ姿の男がふたり出てきて、深々と頭を下げている。

ふと、山本と目が合った。

あるいは車に乗っているときから、路肩に立つ私を見つけていたのかもしれない。道の反対側にいる私をじっと見ている。

「よお、旦那」

山本がひょろりと長い手を上げた。

まるで犬でも呼びつけるように、手招きした。

一瞬、迷った。が、私は彼に向かって歩き出した。

山本の前で立ち止まった。

ズボンのポケットに両手を入れたまま、目を細め、こちらを見ている。

「なんぞ恨みでもあるんかのう」

「恨みはない。だが、あんたに関しては許せないことがある」

興奮を抑えて、私はゆっくりとそういった。

「どんとな事情か知らんが、警察辞めた野郎がヤクザにたてついてもしょうがあるめえが」

山本は唇を歪ませて笑った。

「事務所に来んか。不味《まず》い茶でも飲ましちゃるけえ」

そういってふいに背を向けた。

私が動かないので山本は足を停め、振り向いた。顎を振っていった。「早《はよ》う来んかい」

断ることはできただろうが、従ってみることにした。

危険は承知の上だ。

足を踏み出した。ポケットに片手を突っ込んで歩く山本の後ろをついていった。

スーツの男はベンツに乗って、ビルの車庫に向かった。ジャージの男たちが重たげなシャッターを開けるのが見えた。

山本が分厚い防弾ガラスの扉を開けると、向こうは狭い通路だ。

現役時代に何度もここには足を運んだため、ビルの内部はよくわかっている。

通路の奥に、二階への階段がある。階段も狭い。すれ違うのが困難なほどだ。動線をまったく考えずに設計されたビルのようだが、理由がある。抗争が起こった場合、敵対する組織が殴り込みをかけてきたときに対処できるよう、通路や階段が狭くなっているのだ。

三階まで上った。

大きな扉がそこにある。やたらと豪華な造りの木製扉である。

山本はその扉に手をかけ、私を招いた。「まあ、入りぃや」

八畳くらいの床に、唐草《からくさ》模様の絨緞《じゅうたん》が敷き詰めてあった。テーブルもソファも、政治家や企業家の豪邸のように大きく、華美な代物だ。ヤクザの見栄ゆえである。車がベンツなのも同じ理由だ。

右手の壁には『侠魂《きょうこん》』と書いた掛け軸。その下にはふた振りの日本刀が架台に飾ってあった。真向かいには大きな神棚。入口近くのラックにピンク電話がある。

事務所の様子は昔とほとんど変わっていなかった。

しかし稲田組の代紋《だいもん》の隣に、桜会の大きな代紋がかけてあるのに気づいた。

同じような灰色のジャージ姿の坊主頭の若者が三名、山本に深々と頭を下げた。

「お疲れ様です！」

ひとりが声を張り上げ、怒鳴るようにいった。

「まあ、座りぃや」

彼は私をソファに座らせた。尻がめり込むほどクッションが柔らかい。

ジャージのひとりがおしぼりをふたつ持ってきた。

受け取って手を拭きながら、山本がいった。

「マサキ。茶をふたつ持ってこい！」

ひかえていたジャージのひとりが頭を下げ、部屋を出て行った。

テーブルのシガレットケースから煙草を出して、山本がくわえた。ジャージのひとりがすかさずライターで火を点けた。彼の前にある灰皿は風呂桶のように大きな陶器製だったが、ピカピカに磨かれている。

「われ。わしを許せん事情があるっちゅうたのう」

煙草を吸い、足を大きく組みながら、彼がいった。

「刀根奈津子のことだ」

「ほう」

山本が眉を大げさに上げた。

天井に向けて煙を高々と吹き上げ、それからシャツの胸に手を突っ込んでボリボリと掻いた。癖らしかった。ボタンを外した隙間から、入れ墨らしい青い模様が垣間見えている。

「父親とのことで、娘の奈津子を巻き添えにしたのが、気に食わない」

山本は片目を細め、大げさに唇を吊り上げた。

「あんとな色気もねえ小娘のどこがええんじゃ。もっとええ女が、世の中にゃあ五万とおろうが」

「しょせんは女を食い物にするだけのお前らだ。人の本当の価値は永遠に理解できないだろう」

「抜かすのう」

山本が貧乏揺すりをしながら笑った。

「失礼しやす」

扉を開いて、マサキと呼ばれたジャージの男が戻ってきた。

トレイに茶を入れた湯呑みをふたつ置いている。

二十代半ばぐらいの年齢だろう。坊主頭は整っておらず、誰かが無理やりバリカンで刈ったという風な粗末な仕上がりだったし、右目の周りに青黒い痣があった。オドオドとした様子でテーブルにふたり分の茶を置き、扉まで下がり、一礼して出ていった。

「あんならあをここまでしつけるのに、ずいぶんと苦労したのう」

煙草をくゆらせながら、山本がいった。「族上がりでのう。連中は最初だけは威勢がええが、そのうち決まってボロが出てきよる」

組んだ脚で貧乏揺すりをしながら、山本がいった。

「組に入った若い衆にゃ、まず掃除を覚えさせるんじゃ。便所を掃除させると、ハイ、きれいになりましたっちゅうてくる。よし、そんだけきれいに磨いたんなら、便器をなめてみんかい」

言葉を切ってから、笑っていった。「——これでおしまいじゃ。たいていの場合、若いのはこそっと逃げ出すのう。あいつはその点、根性があったけえの」

「便器をなめたのか」

するとは山本はまた愉快そうに肩を揺すって笑った。

「なめた。三日、続けてなめさせた。じゃけえ、今でもここにおる。ヤクザちゅうのは、そんなもんじゃ。見栄も大事じゃが、何ちゅうても根性いや。根性が据わっちょらんといけん」

彼は茶を取って、ひと口すすった。

「ところで、許せんちゅうとったが、わしをどうする気かのう」

「殺すつもりだ」

部屋の隅に立っていたジャージの男たちが、ハッと息を呑んだのがわかった。眉根を寄せ、険悪な形相で私を見ている。

山本は彼らを片手で制してから、私を見据えた。

湯飲みをテーブルに戻し、灰皿で燻《くゆ》っている煙草をくわえた。

ふっと目を細めて笑った。

「面白いのう」

そういって、わざとらしくソファの背にもたれ、片方の肘をそこに載せた。脚を組み直して、また忙《せわ》しなく貧乏揺すりを始めた。エナメルの靴が大きく揺れていた。

「おめえがわしを刺すっちゅうんか。そりゃあおもろい」

私は黙っていた。

「あの刀根の親父がいつまでも知らん顔をしちょるかわりに、警察辞めたフーテン野郎がわしをかや？」

また煙を高々と吹き上げ、山本は笑った。

憤怒が突き上げてきたが、抑え込んだ。

「安藤はどうしたんね？　あの若僧はよお。あいつも怖《お》じけづいたんか？」

私は口をつぐんでいた。

「稲田組は桜会の代紋を預かっちょる。今の時代、でかい組織の代紋がバックにのうちゃ、まともにシノギができんのじゃ。わしゃ、当分は岩国を任されるじゃろうが、そのうちにまた広島に戻ることになる」

そんな山本の顔を見ているうちに、私は気づいた。

この男がいったい何を考え、実行しようとしているのか、ようやくわかった。

「松尾会長がいなくなれば、あんたは堂々と本部に戻れるわけだ」

山本の眉がかすかに上がった。

「何をゆうちょる?」

「刀根をあおってるのはそういうことじゃないのか」

私はそれを口に出した。「あの人をわざとけしかけて、松尾会長を殺させるつもりだな。あんたは自分の手を血で汚さず、桜会に戻れるし、会長の座も狙える」

山本の表情が変わった。

貧乏揺すりをやめ、靴底を床に落とした。

「勝手な詮索でものをいうと、後悔を見るど」

低い声で、山本はいった。

「詮索じゃない。確信だ」

山本がわざとらしく目を見開いた。だしぬけに立ち上がった。

「なめちょんのか、われ」

私は黙っていた。血走った山本の目を見返していた。

その山本が、ふいに力が抜けたように肩を落とした。

「もうええ。帰れ。くそったれ」

据わったような目付きで私から目を離し、いった。

「この場でわれをぶち殺しとうてしゃあないわ。ほうじゃが、今はできん」

山本は肩を上下させていた。酔ったように顔が赤くなっていた。

「今度、会うたら、われを殺すけえの。次は容赦せん。世の中、理屈やきれい事じゃないちゅうことを、死ぬ前にいやっちゅうほどわからせちゃる」

彼は出入口まで歩くと自分で扉を開け、獣のような目で睨みつけてきた。

私はソファから立ち上がり、黙ってその傍を通り、応接室を出た。

狭苦しいコンクリの壁に囲まれた階段を下っていくとき、全身が震えていた。何度も足がもつれて踏み外しそうになった。歯を食いしばり、一歩、また一歩と階段を下りた。

これで決心がついた。

躰の震えとは別に、心は落ち着いていた。

＊

翌朝、〈岩国港湾倉庫〉の作業所に入り、事務室のドアの前で、私は困惑していた。

自分の名前を書いたタイムカードが見当たらないのだ。

スリットに大勢の作業員たちのカードが差し込んである。が、どこをどう捜してもない。そうこうしている間にも、他の作業員たちが私の横で自分のカードを取っては、機械に押し込んでガチャリと音を立てている。

タイムカードの機械は、そんな私に向かって知らん顔するかのように、青白いデジタル数字で時刻を表示するばかりだった。

仕方なく、事務室の扉をノックし、開けた。

並んだ事務机から、何人かの男女がサッと私に目を向け、すぐに視線を逸らした。やはり何かあることがわかった。それも、きわめてゆゆしきことが。

「椎名さん、ちょっと」

声がして、目をやった。

壁際の事務机に座って、作業長の熊丸がこっちを見ていた。

私は黙って歩き、彼の前に立った。

熊丸は机のハンカチを取って、額の汗を拭いてからいった。

「悪いが、あんたは今日からもう来んでええよ」

その言葉をしばし胸の中で反芻《はんすう》した。

「馘、ということですか」

熊丸はうなずいた。

奇異に思った。今週の勤務日は遅刻もなく、失敗もトラブルもなしに仕事をこなした。定時に作業所に入り、定時に仕事を終えて帰宅した。とくに問題もなかったはずだ。

私はかすかに息を洩らした。

「理由はいってもらえるんでしょうね」

とたんに彼の目が泳いだのに気づいた。

「世の中、景気もなかなかようならんし、うちも貧乏な会社じゃけえ、そろそろいろんなところで整理をせんといけんけえのう。あんたにゃ、悪いが」

「それは理由になってないと思いますが」

「とにかく――」

わざとらしく咳払いをして、熊丸がいった。「あんたはもうええんじゃ」

クルリと椅子を回し、事務机に向かった。背中を丸くしたまま、わざとらしく書類に何かを書き込み始めた。

私は汗染みが浮かんだ彼の作業服を見つめていたが、黙って一礼をした。

事務室を出ようとしたとき、声がかかった。

「椎名さん」

事務員の沖永悦子だった。

近くに立って、心配そうな顔で私を見ている。

「退職金は出せんですけど、今月のお給金、日割りで計算しときましたけえ」

そういって茶封筒を渡してきた。

私は唇を噛みしめ、頭を下げて、それを受け取った。

外階段を下りていると、背後の扉が開く音がした。

階段の途中で足を止め、振り向く。

沖永が階段の上に立っていた。

事務服の襟元《えりもと》をギュッと摑んでいるのが見えた。つらそうな表情だった。

「昨日、あんたが退社してから、ヤクザがふたりほどここに来たんよ。痩せてサングラスをかけた人と、坊主頭でボクサーみたいな感じの怖そうな男じゃったけど、あんたを辞めさせれっちゅうて熊丸さんを脅《おど》しちょったけえ」

山本と長谷川に違いなかった。明らかな嫌がらせである。

事務室の中で私に向けられた気まずい視線の正体が、これでよくわかった。

しかしなぜ私の職場を知ったのだろうか。そのことを訊く前に、彼女がこういった。

「うちの社長が昔から稲田さんとこには世話になっちょるけえ、そこであんたの話が出たみたいなんよ」

「そうでしたか」

「椎名さんにはホンマに悪いけど……」

「気にしないで下さい」

私はまた頭を下げ、彼女に背を向けた。

鉛をまとったように重い足取りで。ゆっくりと階段を下りた。

10

雨が降っている。

その中を、私は傘も差さず、ずぶ濡れになって電柱の陰に立っていた。

昨日のように稲田組の建物を見上げていた。

私が連れて行かれた三階、目隠し板の隙間から、仄《ほの》かに洩れる光がある。

上着の下で、拳銃を握り締めていた。

ここに立ってから、三時間近くが経過している。その間、車が二台、事務所の前に乗り付けた。

一台はタクシーだった。若いチンピラ風のふたりが降り、運転手を怒鳴りつけてから、雨の中を足早に事務所の中に入っていった。そのあと到着した一台は黒いセドリックだ。ビルの出入口からジャージのふたり組が飛び出してきて、傍らのシャッターを上げると、そこに吸い込まれるように入っていった。

さらに三十分待つと、また車がやって来た。

最初の二台とは逆方向からだった。

ヘッドライトがギラリと光り、一瞬、私を照らし出しそうになったが、電柱の後ろにいたからわからなかったはずだ。

灰色のルーチェだった。寺崎の車とすぐにわかった。

せわしなく動くワイパーの向こうに顔が見えた。こっちには気づいていない。

彼は事務所の横に車を付け、アイドリングを続けながら、しばらく建物を見張っているようだった。目的があるのではなく、習慣のようにここにやって来るのだろう。

あるいは刀根が来るのを待っているのか。

やがてルーチェはエンジンを切り、その場にひっそりとうずくまった。

車内でライターの火がともるのが見えた。点かない百円ライターを何度も擦ったのだろうか。

それから五分程度が経過した。

ふいにまたエンジンが生き返り、ルーチェはゆっくりと動き出した。

赤いテールランプが、雨に濡れたアスファルトに反射しながら遠ざかっていった。

そのときだった。

寺崎の車が去った反対側の道から、ヘッドライトの光芒《こうぼう》が現われた。

私は振り向き、目を凝らして見た。

黒いベンツ。いつか山本が乗っていたのと同じ車だ。

まるで寺崎が去ったのを見計らったように、さっきまでルーチェが停まっていた同じ場所にひっそりと停車した。しばらくエンジンをかけっぱなしにしていたが、ふいにその音も途絶えた。

ドアが開いた。

車の向こうに、山本が現われた。黒っぽいスーツ姿。続いて出てきたのは、真っ赤なアロハの長谷川で、素早く後部座席に回り込み、ドアを開いた。

最後に車を降りたのは、置き物のタヌキのように丸々と太った下腹をした男だった。総白髪の頭はひどい癖毛で、耳の後ろでそろって反り返っていた。

私はその男を知っていた。

桜会の会長、松尾泰蔵だ。落ち目という噂は聞いたが、まだ余裕の貫禄《かんろく》だった。

長谷川がベンツのドアを閉めた。

ビルの入口からジャージ姿の若衆三名が飛び出してきて、山本と長谷川、そして松尾会長にそれぞれ傘を差しかけた。

狙うなら今だ。

山本を、撃つ。

無意識に、心の中でカウントを始めていた。

震える手で懐から拳銃を抜き出した。

スライドを引いて、ゆっくりと放した。薬室に一弾目が装填された。大きな金属音に自分でビクッとなった。が、雨音《あまおと》のおかげで向こうには聞こえなかったはずだ。

銃把を握る手がぬるっと滑る。

ちくしょう。心の中で毒づいた。

濡れたズボンで何度も掌を擦り、銃を持ち直した。ヤクザたちはこっちに背を向け、ちょうど建物の入口に向かうところだ。

足を踏み出そうとしたとき、いきなり背後から左肩を強く掴まれた。

振り返ると、そこに刀根が立っていた。

私と同じく、全身がずぶ濡れだった。痩せ細った顔が土気色だ。上着の前を開き、腹に巻いたサラシに斜めに白鞘が挟んであった。足元は素足に雪駄《せった》だ。だから足音がしなかったのだと気づいた。

「刀根――！」

口に手が押し付けられ、同時に鳩尾に拳が来た。

瞬時のことで防ぎようがなかった。胃袋が喉からせりあがるような気がして、力が抜け、ガクンと膝を突いた。濡れた路面に音を立てて拳銃が落ち、私はその上に突っ伏した。

意識だけは失うまいと、歯を食いしばって耐えた。

路面を流れる泥水が容赦なく鼻と口から入ろうとする。激しくむせた。

必死に顔を上げた。

雨の中を、刀根の後ろ姿が歩いていく。

歩きながら、無造作に上着を脱ぎ捨てた。裸の上半身。背中に入れ墨がくっきりと見えた。金剛力士《こんごうりきし》の異様な姿がくっきりと見えた。匕首を抜いた。鞘を路上に投げた。

その音に気づいて、事務所の前で山本たちが立ち止まった。

振り返って刀根を認め、全員の表情が凍りついた。

刀根は次第に早足になった。アスファルトに飛沫を散らしながら、彼らに向かって走り始めた。

――兄貴。刀根だッ!

長谷川が叫んで、懐から匕首を抜いた。それが街灯に照らされ、ギラリと光った。

ジャージの若衆のひとりが、傘を放り出し、あわててビルのドアから飛び込んでいった。応援を呼びに行ったのだろう。

山本は半身になって脚を引いた格好で長谷川の後ろに立っている。若衆たちが捨てた傘が三つ、それぞれ路上に転がり、柄《え》を真上にして揺れていた。

――浅谷《あさたに》!　勝本《かつもと》!　会長を守れ!

長谷川が怒鳴った。

ジャージ姿のふたりが松尾会長の前に立った。しかしどちらも丸腰だ。

ふたりとも顔が真っ青だ。

――松尾泰藏ッ!

刀根が野太い声で叫んだ。

桜会の会長が大きく目を見開いて佇立《ちょりつ》している。土砂降りの雨に濡れながらも、金縛りに遭ったように動けないらしい。

匕首を低くかまえたまま、刀根はベンツの向こうに回り込もうとした。長谷川が真っ向から刀根に襲いかかった。両手で握った匕首で袈裟懸《けさが》けに斬ろうとした。しかし刀根は素早かった。切っ先をかいくぐるようにして体当たりをくらわせ、長谷川を路上にひっくり返した。

若いふたり――浅谷と勝本と呼ばれたヤクザたちが、彼の前に立ちはだかった。刀根は下向きにかまえていた匕首を、素早く左に払った。

利《き》き腕を斬りつけられたひとりが、絶叫した。泥水に突っ伏した。

その背中を刀根が無造作に踏みつけた。骨が折れる音が、雨音の中ではっきりと聞こえた。

ヤクザが濡れた路面の上で動かなくなった。

ジャージ姿のもうひとりが、情けない悲鳴を放って逃げ出した。雨を突いて暗い街路の向こうへと走り去った。小さな影が闇の向こうに見えなくなった。

そのとき、私は気づいた。

山本が事務所ビルの出入口の扉付近まで後退していた。壁に背をつけたまま、松尾会長に迫る刀根を凝視している。ひとりだけ難を逃れようとしているのだろう。

刀根の目的は松尾会長だが、山本も当然のように狙われる。娘の恨みがあるからだ。だから距離を置いているのだろう。

匕首を低くかまえた刀根が、松尾に迫った。

そのとき、立ち直った長谷川が怒声を放ちながら、後ろからかかっていった。

振り向きざま、刀根が匕首を閃《ひらめ》かせた。長谷川が身をよじった。

何かが飛ぶのが見えた。

手首だった。

長谷川が裏声になって絶叫した。

右手首から先がスパッと切り落とされている。

安藤が刀根に匕首の研ぎを教わったことを思い出した。当然、刀根のそれもカミソリのように鋭利に研ぎ澄まされているのだろう。

絶叫が続いた。

長谷川が躰を折り曲げている。手首がなくなった先端から、真っ赤な血が噴き出している。

少し離れた路面に、彼の手首が、掌を上に向けたかたちで落ちていた。その傍に長谷川の匕首が転がっていた。

松尾がようやく動いた。

恐怖に硬直したまま、ぎこちない足取りで後退り始めている。

右手に匕首を握る刀根がその前に立った。

——い、やめてくれえ！

松尾が裏声で叫んだ。振り絞って、やっと出した声だろう。

その右腕を摑み、刀根は匕首を持つ手を後ろに引いた。

桜会の会長を間近から、刀根が睨み据えている。

その横顔は無表情に見えた。

そうだ。刀根は徹頭徹尾、無表情のままだった。

建物の中から、濁声が聞こえ始めた。事務所にいたヤクザたちが表に出ようとしているのだ。

刀根は匕首を前に突き出し、松尾の胸——鳩尾の辺りを突いた。研ぎ澄まされた刃が、スルリと躰に吸い込まれるように入るのが見えた。抉ると同時に血飛沫が散った。

それは刀根の顔を壮絶な色に染めた。

ふたりは長い間、躰をくっつけあっていた。間近で睨み合っていた。

突如、刀根が離れると、松尾はそのまま前のめりに倒れ込んだ。顔から泥水に落ちた。

刀根が向き直った。

事務所ビルの前にいたはずの山本の姿がなかった。

松尾が刺されるのを見て、とっさにビルの中に入ったのだろう。長谷川と松尾が倒されたら、次は自分の番だと悟ったはずだ。松尾会長が刀根に仕留められたら、山本の邪《よこしま》な目的は達成される。いつまでも危ない場所にとどまる必要がない。

事務所ビルの前に刀根の姿があった。

しかし逃げた山本を追って中に入る様子はない。

雨に濡れた裸の背中に、金剛力士の入れ墨が殺気を放つように、夜日《よゆ》にも鮮やかに目立っている。

裏声が長く尾を引いていた。

少し離れた場所で、長谷川が路上にかがみ込んだまま、まだ絶叫を続けている。

手首から先のなくなった右手をかばい、痛《い》てえと叫び続けていた。

その横に、刀根が立った。

顔が返り血で染まり、壮絶な姿だった。扉の向こうに、ヤクザたちが姿を現わした。ガラス越しに陰惨な光景を見たためだろう。茫然と立ち尽くしている。

——刀根、刀根ぇぇぇぇッ!

歯を食い縛り、長谷川は彼の名を連呼している。

刀根は片手に匕首を握ったまま、髪の毛を摑んで顔を引き起こした。むりに引き起こしざま、彼の腹に膝を打ち込んだ。うめいてくの字に折り曲がったその下顎を、今度は靴先で蹴飛ばした。

長谷川はもんどり打ってぶっ倒れた。アスファルトに後頭部が当たる鈍い音が聞こえた。

それっきり、長谷川は事切れたらしい。歩道を流れる濁《にご》った雨水に、鮮やかな赤色が混じっているのが、街灯の明かりの中ではっきりと見えた。

扉の向こうのヤクザたちは、相変わらず凍り付いていた。

山本の長身は相変わらずそこにはなかった。

ようやく誰かがドアノブを廻し、ひとりずつ雨の中に出てきた。だが、まだ茫然としている。血に染まり、動かないヤクザたちの姿を見つめているだけだ。

刀根は匕首を持ったまま、彼らに背を向けて歩き出した。路上に落ちていた白鞘に手を伸ばし、匕首を懐にしまった。それから上着を拾うと、素早く振って水気を飛ばし、肩に引っかけた。背中の金剛力士の入れ墨が見えなくなった。

――会長！

——長谷川さん！

ようやく彼らは、倒れた男たちの躰に取り付いて叫んだ。

だが、誰ひとり刀根を追おうとする者はいない。

私は電柱の傍らに膝を突いたまま、降りしきる雨と闇の彼方に去っていく刀根の姿を見つめていた。やがてそれが見えなくなると、複数の怒声を耳にした。

道の向こうで右往左往するヤクザたちの醜態があった。

何の感情も湧いてこなかった。ただ、冷たい雨が心と躰に染み込んでくるだけだった。

11

その晩、アパートに帰り着いてから、私は熱を出して寝込んだ。

息がひどく苦しく、ベッドにもぐり込んだまま、背を丸めて震えながら、寒気に耐えた。眠っては起きて、同じような夢を見た。稲田組の事務所前、刀根がヤクザたちを殺す。それが何度となくくり返される。

刃物で殺されていく男たち。

返り血を浴びて仁王立ちになる、刀根の凄惨《せいさん》な姿。

背中にくっきりと彫り込まれた入れ墨。

金剛力士の異様な顔が、刀根の鬼気迫った顔と重なっていた。

二十年近く警察にいたが、ヤクザ同士の抗争を初めて見た。麻薬や覚醒剤の禁断症状で暴れ狂うヤクザを取り押さえたり、事務所にガサ入れして抵抗に遭ったことは何度もあるが、ああした刃傷沙汰《にんじょうざた》を間近に目撃したことはなかった。

また、刀根という男をよく知っているつもりだったのに、あんな姿は初めてだった。むろん、彼の背中の入れ墨もだ。

匕首の名人だとか、武闘派で恐れを知らぬ男だとか、そんな噂を知っていたにもかかわらず、私は彼の穏やかな一面しか知らずにいた。たしかにヤクザはヤクザだったが、刀根はよき父親であった。あの薄暗いビリヤード店の片隅に埋《うず》もれるように、静かに年老いていくものだとばかり思っていた。

目が覚めたのは、次の日の午後だった。

煙草の臭いがし、誰かが傍にいる気配がした。私はあわてて枕の下に隠してあるはずの拳銃を取ろうとした。

西村だと気づいたのは、そのときだ。

彼はベッドの傍の丸椅子に腰を下ろしたまま、私を見ていた。右手の指に煙草を挟んでいて、その先端から細長く紫煙が立ち昇っている。

「いつ来たんだ?」

かすれた声で訊いた。

彼は弱り果てたような顔で自分の腕時計を見た。

「もう一時間ぐらいになるかな。電話を何度かしたんだが、お前さん、出ないから心配になった。ドアにカギもかけずに不用心に寝込んでるとはな」

「そうか」

「ずいぶんとうなされていたぞ。刀根の名前を叫んでいた。娘じゃなく、親父のほうだろう?」

「ああ」

ベッドに俯《うつぶ》して、頷いた。

「お前、大丈夫か」

「いや……」

私は汗だくの顔を擦った。

下着もシャツもぐっしょりと濡れて冷たかった。

額に手を当てると、まだ熱が残っていた。悪寒《おかん》は消えていたが、喉がひどく渇いていた。

「悪いが炊事場から水を汲《く》んできてくれるか」

西村は黙って立ち上がり、蛇口の水を充たしたコップを持って戻ってきた。

それを受け取り、喉を鳴らして飲み干した。

「ゆうべ稲田組の事務所前で、ヤクザが三人も死んだ」

西村がそういった。「ローカルネタがトップニュースになったなんて久しぶりだ」

「そんなことがあったのか」

空《から》のコップを持ったまま、私はとぼけた。

あのときの光景が頭の中によみがえってきた。男たちの死に様の光景。怒声と悲鳴が脳裡にくり返される。

「ひとりは広島の桜会の会長だったそうだ」

そうだ。

ゆうべの機会を刀根はずっと待っていた。

自ら広島の桜会に殴り込みにいくよりも、向こうが稲田組に出向いてくるときに狙ったほうが確実だからだ。稲田組長を殺すようそそのかした首謀者が松尾会長。娘を汚したふたりのヤクザたちを一度に殺せるチャンスだった。

しかし、山本だけはまんまと逃げおおせた。

「お前。まさかあのヤクザどもと関わってるんじゃないだろうな? 安藤とはまだ――」

「安藤はもうヤクザじゃない。ちゃんとした堅気だ」

西村はうろんな表情で私を見ていたが、持参したらしいコーヒーの空缶に煙草の灰を指先ではたいて落とした。

「稲田組の事務所はまだ大騒ぎだ。警察やらヤクザやらがドヤドヤ押しかけて睨み合ってる。犯人はまだ捕まらないらしい」

安心した。刀根は捕まったり、自首したりしていないようだ。

「目撃者がいるはずなのに誰も証言しようとしないんだ」

「会長が殺されたんだからな。沽券《こけん》に関わるということだろうな」

そういって、私は気づいた。

刀根が復讐をして、それで終わりになるはずがなかった。

ヤクザたちは仕返しをする。今度は刀根が狙われる番だ。やられたらやり返す、それが彼らの常道《じょうどう》だからだ。

そして何よりも、あの山本がまだ生きている。

まんまと刀根の復讐を利用して、自分の親玉を殺させた男にとって、刀根を殺すのは口封じであり、かたちどおりのヤクザの報復という二重の意味がある。

刀根があの〈栄光〉にいるとしたら、もう襲われているかもしれない。

「なにを、惚《ぼ》けっとしているんだ?」

西村の声で我に返った。

彼は私の顔を見ていった。

「これ、あんたの奥さんと奈津子さんだろ?」

西村は座卓に置いていた写真をとって、いった。「いい写真じゃないか」

私はうなずいた。

亡くなった妻の写真はまだあるが、奈津子の写真はそれ一枚きりだった。

だからアルバムにしまい込まず、そこに置いたままでいた。

「カーテンと窓を開けてくれないか?」

私にうなずくと、西村はまた椅子から立ち上がった。

「雨は止んだよ。外はかんかん照りだ」

厚手のカーテンを開けた。陽光が、窓ガラスを透して差し込んできた。サッシが開けられると、涼しい風が部屋に吹き込んできた。心地よかった。

「ゆうべのひどい雨が嘘みたいだな」

西村がそういって、外の景色を見ている。

空は抜けるように青く、その下で街は光って見えた。

その眩しさに目を細めながら、私は自分の中にわき起こってくる慚愧《ざんき》の念を抑え切れずにいた。

やはりあのとき、刀根を止めるべきだった。何としても。

ヤクザと果たし合いをして終わりは来ないのだ。どちらかが完全に息絶えるまで報復は続く。

私はそれを知っていたはずだった。

ふいにまた座卓の写真に目が行った。

妻と奈津子が微笑んでいた。

＊

黄昏《たそがれ》の時刻が到来して、〈栄光〉の古いビルは、色を失いつつある街に溶け込んで見えた。

窓から明かりが洩れ、球を撞く音が聴こえた。

私は自分の耳と目を疑いながら、外階段を上り、扉を引いて開けた。

薄暗い照明に照らされて、ふたりの男が見えた。

ひとりはカウンターの奥に座り、パイプをふかしている男。もうひとりはキャロムの台に屈み込み、キューをかまえている若者だった。

「安藤」

名を呼ぶと、彼はこっちに一瞥をくれた。

黒い麻の上着の下に、素肌が見える。腹には白い包帯が巻きつけてあった。

信じられなかった。

時間が逆戻りしたような錯覚がある。

ふたりは何事もなかったかのように、紫煙に充ちた古いビリヤード店の中にいた。

安藤が撞いた球が、左右のコーナー近くに止まっていたふたつの球に、続けて当たった。

静寂に充ちた店内に、球がぶつかり合う音がやけに大きく聞こえる。

「腹の傷は治っちゃいないだろう？　なんでだ」

安藤はキューをかまえ直し、また撞いてからいった。

「うかうか寝てなんていられねえよ」

「お前、まさか？」

私は安藤の横顔を見つめた。

「俺は刀根さんを守る」

「奴ら、ここへ来るのか？」

彼は黙って頷いた。

「いつだ？」

「わからん。だから、毎日、ここにいるよ」

視界の端に刀根がいる。

こちらに横顔を見せつつ、パイプの煙に包まれて、目を細めながら新聞を読んでいた。

ヤクザたちを次々と殺していった姿を思い出した。

半裸になって雨に濡れた背中に浮き出した金剛力士の入れ墨。

今の刀根に、ゆうべのあのときのような迫力はない。

まるで燃え尽きた灰のように見えた。仇討ちという目的を成し遂げ、生き甲斐を失ったからだろうか。

警察はヤクザたちを殺した被疑者として、当然のように刀根を疑うはずだ。しかし、誰も証言をせず、だから動くことができずにいるのだろう。

ヤクザたちは警察に頼るのではなく、自分たちで報復を試みるはずだ。

ふいに彼はガサガサと音を立てて新聞をたたみ、カウンターの上に置いた。それからパイプを持ったまま、店の奥にある階段をそっと上っていった。

「刀根はどうしてここにいるんだ。自分が狙われていると知ってるはずだ」

「ここはあの人の店だ」

「理由になってない」

「なっているさ。わからないのか？」

もちろんわかっていた。しかし、それは一般の常識からすれば、あまりにも不条理だった。

「奴らが仕返しに来るたびに、ひとり立ち向かって、いずれ殺されるまで、きりのない殺し合いを続けるのか」

「いったろう。俺は刀根さんを守りたいだけだ」

安藤の撞いた球が、外れた。クッションに跳ね返って、あらぬ方角に転がっていった。

表のドアが軋んだ。

振り向くと、くたびれた白のワイシャツ姿の寺崎が入ってきた。

それを見て、安藤がビリヤード台から離れた。握っていたキューを壁際の棚に戻し、寺崎の横を通って入れ違いに店を出た。

階段を下りる足音が小さくなっていった。

「刀根はどこにおるんか」

問われて私はカウンターの奥を見た。

ちょうど扉が開いて、ハンチング帽に赤いベストの刀根がまた姿を見せたところだった。

右手にパイプを持っている。

寺崎はフッと笑みをこぼした。ビリヤード台の間を抜けてフロアを横切り、カウンターまで歩いて行った。

「あんたを逮捕しそこないましたのう」

カウンターにもたれ、彼はいった。

「ベッタリと張り付いちょったつもりじゃったのに、さすがに長《た》けちょりなさる。見事にしてやられました」

刀根は返事をしなかった。

火が消えたのだろう。パイプの中身をちらりと見て、マッチでふたたび火を点けた。甘い香りを放ちながら、紫煙がゆっくりと立ち昇った。

「それから、今朝方ですが、稲田組の組長代理じゃった山本の遺体が今津川の河口に浮いちょりました。鋭利な刃物で心臓をひと突きされちょりましたが、まさかそれも、あんたの仕業じゃないですかのう」

私は驚いたが、刀根の横顔は冷ややかな表情を見せたままだった。

刀根であれば山本を殺す動機はある。私や安藤ではなく、奈津子の父親が仇を討つのが当然だと思った。

「これであんたの復讐は終わったわけじゃが、今度はあんたが狙われる番っちゃ。おそらく、選り抜きの殺し屋が来よる。そうなりゃあ、あんたはきっと殺される」

刀根はやはり黙っていた。

その顔を見ながら、寺崎がいった。「困ったことに、何よりも刀根さん、あなた自身がそれを望んじょってじゃろう?」

刀根がようやく顔を上げた。しかし視線は合わせない。

相変わらず彫像のように無表情だった。

「やっぱしだんまりですか。困ったもんじゃのう」

寺崎はセブンスターのパッケージを取り出し、煙草をくわえた。いつもの青い百円ライターをポケットから出したが、苦笑いして戻した。別のポケットに手を入れると、どこかのパブかスナックからもらったらしい、けばけばしい真っ赤なデザインの紙マッチを取り出し、擦って火を点けた。

「ゆうだけ無駄っちゅうことは、ようわかっちょりますが……あんた、気をつけんさい」

寺崎は眉根を寄せて煙を吐き、俯きがちに靴先で板張りのフロアをトントンと蹴った。まるで子供のような仕種だった。しばしトントンとやってから、何か納得したかのようにひとりうなずき、踵を返した。

「また、来ますけえ」

そういってフロアを歩き、寺崎は出口に向かった。

「寺崎さん」

刀根がふいに声をかけた。

寺崎は扉の前で立ち止まったが、振り向かなかった。

くたびれた白いシャツの背中が、やけに小さく見えた。

「何ですかの?」

「ありがとう」

寺崎はふっと肩をすぼめ、黙って片手を挙げてから店を出ていった。

少し迷ったが、私は彼を追って外に出た。

外階段を一気に駆け下りた。

「寺崎」

路肩を歩いていく後ろ姿に呼びかける。

寺崎は振り返らず、歩き続けた。夜風に煙草の煙が流されていく。

ようやく追いついた。横並びに歩き始めた。

「あんた桜会の飼い犬じゃなかったのか」

すると寺崎は分厚い唇を歪めて笑った。

「ほりゃあ、何べんか賄賂はもろうたがのう」

「刀根に張り付いてたのは、彼を守るためだったのか」

「そげなことは知らんがな」

寺崎は空惚《そらとぼ》けていった。「だいたい警察がのう、ヤクザ同士の勝手な抗争に介入するわけがないじゃろうが」

「だが、あんた。本当は刀根の身を案じてたんだ」

「お互いに古い生き方の人間じゃけえのう。そんだけのことじゃ」

「寺崎……」

ふいに彼は足を止めた。

両手をポケットに入れたまま、空を見上げている。

「放っちょっても、あの人は死ぬるよ」

そういって寺崎は振り向いた。目が悲しげだった。

私はふと悟った。

「病気か……」

「胃癌じゃ。それも、もう末期のな」

私は唖然となり、その場に立ち尽くした。

寺崎はまた歩き出した。今度は二度と足を止めなかった。

その姿が角を曲がって消えると、私は肩越しに見た。離れたところに〈栄光〉の明かりがひっそりとともっている。

安藤が、どこかにいるはずだった。

辺りに人影は見えない。通りを越し、反対側に目を遣《や》れば、そこに小さな駐車場が見えた。水銀灯《すいぎんとう》の明かりに照らされ、数台の車が、ひっそりと息を殺すように並んでいる。

道を渡り、その駐車場に入った。

やはり彼はそこにいた。

青い軽トラックの後ろに、膝を抱えて座っている。匕首を大事に握り締めていた。スニーカーの傍には、煙草の吸い殻がいくつも散乱している。ビール缶が二本、クシャクシャに握り潰されて転がっている。私はそこに向かった。

「刀根はあと、どれぐらいもつ？」

彼は顔を上げた。それからまた俯いた。

「ひと月か、あるいはもっと短いか」

私は驚いた。安藤も知っていたのだ。

「入院もせずに、彼はずっとあの店にいるつもりか」

安藤は頷き、道の向こうを見た。

街灯に照らされた双眸が、野獣のそれのように光っている。

「あれはあの人の生活なんだ。死ぬとか、死なないとか。そんなのは問題じゃないんだ。どんなことがあっても、あの人はあの人でしかない」

誰も来ないビリヤード場。小さな店に寂しく灯った明かり。

本当にあの男の一生を、このまま終わらせていいものだろうか。

沈黙が重苦しかった。

店の中にも、外の闇にも、息が詰まるほどの沈黙がある。

＊

つかの間の青空だった。次の日にはもう灰色の雲に覆われていた。

河口から吹き付ける風は怒気をはらみ、頬を激しく叩いては後ろへ飛び去っていく。

門前川の堤は今日も人けがなく、ひっそりと静まり返っていた。コンクリの道路の端に誰かが捨てた野菜屑《やさいくず》などの生ゴミを、数羽のカラスが突き回していた。

その傍に車が二台。

白いホンダ・シビックの少し後ろに対照的に真っ黒ないすゞ117クーペがあった。

見覚えがない車だった。

私は堤防から下の川を覗き込んでみた。水面は灰色に染まり、風にあおられた波が無数の白い牙をむき出している。

いつかと同じ場所に刀根がいた。そしてもうひとり。

安藤ではなかった。

痩せた体軀は良く似ていたが、彼よりもひとまわりは背が高い。前に〈栄光〉で山本や長谷川といっしょに会った島岡とかいう男だ。

「刀根！」

私は走った。長い堤を回り込み、急ぎ足に石段を下った。下りきったところで、足を止めた。

猫背気味に座った刀根の横に、島岡は立っていた。

なぜか殺意はそこに感じられなかった。ふたりして殺し合いをするような様子ではなかった。

刀根はパイプを持ち、蒼白い煙が彼の肩越しに風に流れている。釣り竿を斜めに持ったまま、ぼんやりと波間を見つめている。

その隣に立っている島岡が、ふと私を見た。

光のない黒目が異様だった。しかし邪気《じゃき》のようなものはない。

突然、島岡は歩き出した。

立ち尽くす私の傍を通り、黙ってコンクリの階段を上っていった。黒い上着の裾が風にあおられ、長めの髪がなびいていた。

石段の上に消えると、私は刀根を見た。

「あいつはここで何をしていたんだ」

声をかけると、刀根は黙って私を振り返った。しばらくこっちを見つめ、それからまた、前方に視線を戻した。目尻に深く刻まれた無数の皺に気づいた。

「ただ、話をしていただけだ。そっちこそ何の用だ」

刀根がそういった。

「あんたは死ぬつもりなんだな」

「いわれんでも、人は死ぬときには死ぬよ」

「癌だと聞いた」

「胃のほとんどを切除したがな。別の場所に転移していた」

刀根はリールを回して糸を巻き取り、餌のなくなった針にミミズのようなゴカイをつけて、無造作に波間に放り込んだ。

「島岡とは何を話してたんだ」

「いう必要はない」

パイプをくわえ、ピックの先でボウルの中身を掻き回してから、また火を点けた。

「娘にいろいろとよくしてくれたことは感謝する。あんたの奥さんも気の毒だったな」

パイプの火を復活させるのに、三本のマッチが必要だった。

「奈津子は最後まで私を止めようとしていた。せっかくヤクザの世界から足を洗ったのだから、まっとうな堅気になって生きてくれと、何度もいわれた。そんな父親の不器用な生き方ゆえに、あれはひどい目に遭って死んだ。罪を償おうとしても、償いきれんことになった」

刀根は煙の中で目をしばたたいた。

「ヤクザをやめても、ヤクザとしての生き方は変わらなかったということか」

「松尾や山本たちがのうのうと生きていることに耐えられんかった」

「山本を刺したのはやはりあんたか?」

刀根はしばし黙っていたが、首を振った。

「私じゃない」

「だったらいったい誰だ」

「島岡だ」

「まさか」

私は耳を疑った。「山本とつるんでいたじゃないか」

「奴なりの事情がある」

言葉の意味がわからず、私は途惑った。

山本の死因は鋭い刃物で心臓をひと突きされたためらしい。島岡もそれなりの使い手だとは聞いていた。松尾会長を守らず、自分から逃げた。そのことで組から制裁を受けたのだろうか。

それにしても何かが心のどこかに引っかかる。

「ひとりになりたいんだ。そろそろいいかな」

刀根がそういったので、私はうなずくしかなかった。

「悪かったな」

彼に背を向け、歩き出そうとして、私は足を止めた。肩越しに見る。

「いつも、この場所で釣りをしてるんだな。錦川なら、他にいろいろと釣れる場所があるのに」

すると刀根はまた目を細めた。目尻に深く皺を刻み、海のほうを見つめた。

「ここは川が穏やかだからな」

刀根は目尻に皺を刻み、川を見ていた。

「若い頃はずいぶんと荒れたものだよ。そんな場所が好きだったんだろう。だが、それもこれも遠い過去のことだ。今の私には、そう時間が残されていない」

私は自分のことを思った。

妻を失ってからというもの、しょっちゅう、あの橋の上から川を見下ろしていた。

憑かれたように水の流れをいつまでも見ていた。

刀根の言葉で、その真実をようやく知った。

「ヤクザってのは悲しいもんだな。悲しいと知っていながら、生き方を変えられずにもがく。それがまた悲しい」

それっきり、刀根は黙った。

私はまた歩き出し、コンクリの石段を上った。

重たい沈黙が風の中にあった。

12

その夜も、安藤は〈栄光〉の前の駐車場近くにいた。

何台か車が並んでいる後ろの低木の中に座り込んでいた。刀根のところにヤクザたちが来る気配はなかったが、彼の姿はいつもそこにあった。黒い麻のジャケットは、見事に闇に溶け込んでいた。

それが朝になると、いつの間にか消えている。

さらに次の日、陽が暮れる時刻になると、ぽつんとそこに座っている。

「安藤」

声をかけると、彼は胡座をかいたまま、疲れた目でこっちを見上げた。

「お前、昼間は何をしているんだ?」

「寝ている」

「昼間だって危ないだろう。刀根は?」

「釣りに行ってる。だから大丈夫だ」

「どういうことだ」

「刀根さんを刺しに来るのは、島岡だ」

その言葉に面食らった。

門前川のあの堤防下で、島岡は刀根といっしょにいた。それを目撃したばかりだった。

「あいつは、釣りをしているときの刀根は狙わないというのか?」

「狙わない」

「なぜ」

「あそこが特別なところだからだ」

私はまた思い出した。

ろくな会話もなく、ふたりで川を眺めていたように見えた。狙われる者と狙う者が同じ場所にいて、黙って座っている。そのことの意味を私は何度も考えていた。

「お前、島岡のことを?」

「よく知ってる」

「どういう人物なんだ」

「桜会の幹部だ。今は稲田組のな」

「それはわかってる。刀根とはどういう関係なんだ」

安藤は答えず、ポケットをまさぐり始めた。煙草を探している。足元には吸い殻が散乱している。クシャクシャに握りつぶされたビールの空缶も無秩序に転がっている。

ようやく煙草を見つけ出した。

皺だらけのキャメルのパッケージから一本を引き抜き、無精髭に包まれた口に突っ込んだ。

前髪が脂で光っていた。目も充血している。こうして近くから見ると、何だか鬼気迫るものがあった。ロウマッチの軸先を拇指で弾くように火を点け、火口を赤く光らせた。

「隣に座っていいか？」と訊いた。

安藤がうなずいたので、彼の横の地べたに腰を下ろした。

ふたりで明かりが消えた〈栄光〉の建物を見つめた。

「刀根さん。死ぬまでずっとひとりっきりなんだな」

安藤がつぶやいた。

「死ぬなんていうな」

「悪かった」

「奈津子は、きっと父親のことが大好きだったんだな。だから、死んでもらいたくないと思って、必死に止めようとしていた。それなのにあんなことになった」

安藤が俯いている。子供のように膝を抱えて、そこに頬を押しつけていた。

「島岡はな、奈津子さんと腹違いの兄妹なんだ」

驚いた。安藤の横顔を見つめた。

あそこが特別なところ——そういった安藤の言葉の意味がわかった。

「刀根さんと島岡は、いつもあの堤防でいっしょに釣りをしていた。奈津子さんもたまに連れていってたが、島岡とふたりのときが多かった。親子といっても、それだけのつきあいだったがな」

島岡が山本を刺した理由ものみこめた。

自分の〝妹〟を辱《はずかし》めた男を許せなかったのだ。長い間、その機会をうかがっていたのだろう。

私は安藤にこういった。

「実の息子が、親を殺しに来るというのか」

「世間一般の常識は通用しない。それが極道の世界だ」

「ヤクザは悲しいものだ。刀根はそういっていた」

「わかってくれて、嬉しいよ。おっさん」

安藤の寂しげな笑いが、刀根のそれと良く似ているのに気づいた。

そのとき、頬に冷たいものが当たった。そっと指をやると、小さな水滴がついていた。

アスファルトの上、細かな黒い染みがしだいに増えてくる。やがて霧のように細かな雨が、音もなく私たちを濡らし始めた。

＊

雨の中に乱雑な足音がした。

私が立ち止まると、それは近づいてきた。ひとつではない。いくつかの靴音だ。振り返った。街灯に照らし出された、蒼白い街路が延びている。そこに人影が見えた。向き直ると、前方の路地にも人影が現われた。横丁からのっそりと出てきた。

前後を挟まれていた。

両側は生垣とブロック塀が続いている。

男たちは前後から近づいてきた。後ろの男はタンクトップにニッカボッカーを穿《は》いている。足元は編み上げのブーツだった。前にいるもうひとりは赤いシャツにジーンズだ。赤シャツが、ポケットに手を入れたまま、ゆっくりと歩いてきた。私の目の前で止まり、三白眼でねめつけた。

「よお、おっさん」

物取りの類いではない。稲田組の組員たちである。

ニッカボッカーの男は、前に事務所に行ったとき、山本に使われていた坊主頭の若者であることに気づいた。マサキと呼ばれて、暴走族上がりといわれていた男だ。

私は口を閉ざしていた。相手の出方を待つほうがいい。

「わしらが何か、わかっちょるか」

「組事務所で一度、会った」

赤シャツのヤクザがポケットから出した片手にナイフがある。スイッチを押すと、小さな刃が飛び出した。

「われ、刀根の何じゃ？」と、マサキがいった。

「いう必要はない」

近寄ってきた赤シャツにナイフを頰に当てられた。

「場合によっちゃ、命だけは助けてやるがのう」

「笑わせるな。刺す度胸はあるのか」

「おお。刺しちゃる」

そいつは、息を荒くして声を絞り出した。

「シゲ、やめんか」

マサキが止めようとした。

「るせえ！　邪魔するなっちゅうの」

ナイフを移動させ、喉に当ててきた。雨に濡れた顔。興奮に目が血走っている。

私は相手の股間を力いっぱい蹴り上げた。向こう脛《ずね》の辺りが男の急所にまともに当たる感触があった。驚愕の表情を見せ、チンピラが凍りつく。顔を歪めて、濡れたアスファルトにドッと転げ込んだ。

「てめえ！」

マサキが叫んだ。

かかってきた相手の腕を捉え、腰に載せて投げ飛ばした。

マサキが背中から濡れた路面に叩きつけられた。受け身を知らないので、まともに背骨と頭を打撃したらしく、苦悶に顔を歪めた。

「この野郎！」

シゲと呼ばれた赤シャツが身を起こした。ズボンのポケットから何かを引っ張り出した。

銃身の短い回転式の拳銃だった。

刃物なら何とかなるが、拳銃相手ではかなわない。私はとっさに踵を返して走り出した。

振り向くと、さいわいシゲはすぐに追いかけてこず、相棒を助け起こしている。その隙になるべく遠くまで逃げようと思った。

――くそったれ！

怒声とともに足音が追ってきた。

どうやって撒《ま》くか、それが問題だ。

いくつか曲がり角を折れると、やがて錦川の土手に出た。南に向かって走り出した。

——待て、この!

怒声が追ってくる。

背後のふたりの影はいくぶんか遠ざかっていたが、少なくとも相手のひとりは拳銃を持っている。

そう思ったとたん、銃声がした。

空気を切り裂く鋭い音が耳を掠めたのは、ほとんど同時だった。

狙いは大きく外れたが、前方でゆるやかにカーブしているガードレールが火花を散らした。

私は走り続けた。

周囲に民家が少ない。事務所のようなビルや倉庫ばかりだ。何も考えず、市街地ではなく、海の方角に向けて走り出していた。

二発目の銃声が聞こえ、同時に弾丸が唸りながら頭上を通過していった。

前方の交差点に踏み切りが見えた。右手に、今津川にかかる山陽本線の長い鉄橋が、シルエットとなって横たわっている。

息が切れかかっていた。現役時代ならともかく、自堕落な生活を長く続けていたせいで、躰がすっかりなまっている。周囲は草叢《くさむら》と廃墟のような建物ばかり。隠れる余裕もない。

仕方なく鉄橋に向かった。

また銃声が二発。少し置いて、二発。

至近距離をかすめるため、不気味な擦過音《さつかおん》がする。

しばらく間が開いた。

赤シャツのシゲが持っていたのはリボルバーだった。六連発だとしたら、弾丸をこめているはずだ。その隙に、土手の踏み切りを左に折れた。鉄橋は上り線と下り線が併走している。その右側の軌道に踏み込んだ。

足場は悪い。枕木の間から、対岸の灯《あか》りに照らされた水面のきらめきが見えている。人ひとりが落ちるほどの隙間ではないが、足がはまり込んだら取り返しがつかない。

その上、雨で滑りやすくなっていた。

しかしこっちが危険であれば、それは追手にとっても同じということだ。

意を決して鉄橋を走り出した。

また銃声がした。二発。

今度は擦過音は聞こえなかった。奴らも鉄橋を走ってくるからだ。足場の悪い場所で走りながら撃っているのだ。

振り返ると、五十メートルばかり後ろにふたりの影が見えた。

さらに、その背後――線路の向こうに小さな、それでいて目映い明かりが見えた。足元の雨に濡れた鉄路が、ガタガタと振動を始めている。列車が向かってくるのだ。

狭い鉄橋に身をかわせる場所はない。列車が来る前に渡り切らなければ、撥《は》ね飛ばされるか、川に落ちるかだ。

ヤクザたちが叫び出した。

すでにこっちを撃つ余裕はない。しかし引き返すにも、鉄橋に深く踏み込みすぎている。

警笛が背後で鳴った。長く、二回。貨物列車のようだ。

運転士はブレーキをかけ始めただろう。だが、重たい列車のスピードは容易に落ちない。

列車が鉄橋に差しかかると、振動はいよいよ激しくなった。

前方を見た。あとわずかだった。対岸はすぐそこだ。

焦らず、リズミカルに足を運んだ。

あと十メートル。息が切れそうだった。

五メートル。大股で足を運び、何とか対岸にたどり着いた。

踏切の傍、雨に濡れた草叢の中に倒れ込み、背後を振り返った。ギラギラと光るひとつ目の光芒に照らされ、走っているヤクザたちがふたつの影となって見えた。

警笛がまた轟《とどろ》いた。それに驚いたのか、ニッカボッカーのマサキが川に飛び込んだ。続いて、もうひとり。赤シャツのシゲが鉄橋から落ちた。暗い川面に、白い水飛沫がふたつ見えた。

列車はブレーキの音を響かせ、線路を軋ませながら、鉄橋の真ん中辺りに停止した。先頭車両の扉が開き、運転士が顔を覗かせた。身を乗り出して、暗い川面を見つめているが、落ちたふたりはどこを流れているのか見るすべもない。

私は力を振り絞って立ち上がり、雨の中を歩き出した。

＊

アパートには戻らず、〈栄光〉に向かって走っていた。

安藤が心配だった。刀根のことが気になっていた。

私が狙われたということは、あのふたりも危ない。

今津川にかかる寿橋《ことぶきばし》というコンクリの細い橋を渡ったとき、パトカーのサイレンの音が聞こえた。思わず立ち止まると、前方の十字路を、赤い警光灯をきらめかせながら、幾台ものパトカーが通り過ぎていく。

私はまた走り出した。いやな予感が、さらに高まっていた。

息が上がり、足がもつれそうになったが、何とか交差点に出た。続いてパトカーが走ってきた。今度は二台。そのさらに後ろに、灰色のルーチェがくっついていた。覆面パトカーだ。

前に飛び出して手を振った。

急ブレーキをかけてルーチェが停まった。助手席のドアを開け、寺崎が雨の中に出てきた。

泡を食ったようなその表情に昏い予感を覚えた。

「何があった」

「刀根が刺された」

愕然として、棒立ちになった。

「乗せてくれないか」

「莫迦たれ！　タクシーじゃないっちゅうに」寺崎が怒鳴る。

「頼む。乗せてくれ！」

むりにルーチェの車体にとりつき、ボディを叩いた。

「仕方ないのう。後ろに乗れ！」

寺崎がいった。

後部左側のドアからルーチェに乗り込んだ。

乱暴にドアを閉める。運転席の若い刑事が睨んできた。たしか武藤といった。

「車を出せ」

寺崎にいわれ、彼がアクセルを踏み込んだ。タイヤが乱暴に軋み音を立て、静寂を破った。

車がスピードを上げるにつれ、フロントガラスに当たる雨が、派手な音を立てる。

「死んだのか」

寺崎に訊いた。

「なに？」

「刀根は死んだのか」

彼は口ごもり、何かをいおうとした言葉を呑み込んだようだ。

「わからん」

「安藤は？　あいつはどうなんだ」

「わからんちゅうとるんだ！」

ルーチェのタイヤが悲鳴を上げた。赤信号の交差点を左に折れ、駅前通りに入った。


午前二時という時間にもかかわらず、店の前にはどこからか集まってきた大勢の野次馬が、雨の中にたむろしていた。無数の傘が重なり合っている。

寺崎たちに続き、彼らを押し退けるように、私は〈栄光〉に走り、外階段を上った。

店内には数人の警察官に混じって、私服捜査員がふたりいた。彼らとビリヤード台の間に、刀根が仰向けに倒れていた。白いワイシャツの左胸が鮮血にまみれている。顔はすでに白蠟《はくろう》のような色をしていた。

即死のようだった。

耳鳴りがした。そして、吐き気。動悸が激しくなっている。

私は近くのビリヤード台に両手を突いた。もう一度、店内を見回した。

安藤に気づいた。

窓際のソファに座り込んでいた。

左腕に包帯を巻き、額と頬の横に湿布を貼られている。煙草をくわえたまま、その煙を天井に向けて立ち昇らせている。

私に気づいたのか気づかないのか、何の反応もなく宙を見つめている。

刀根の遺体の前で、鑑識係らしい数人が調べている。何度もフラッシュが焚《た》かれ、店内が目映く明滅した。その横で、刑事たちが腕章を巻き、白手袋をはめた手で、あちこちを探っていた。

刀根の死に顔をまた見つめた。

目を閉じ、穏やかな顔だった。刺されて死んだとは思えない。まるで眠っているような表情だ。

私は安藤のいる場所に向かった。

前に立ち止まると、彼は虚ろな目でこちらを見上げた。

「守れなかったよ」と、彼はいった。

「やったのは島岡か?」

「あいつがひとりで来た。かなわなかった。ぶっ飛ばされちまった」

「お前が?」

耳を疑った。基地のアメリカ兵を二度もあっさりと殴り倒した安藤が――。

「刀根さんは黙って刺された。俺の目の前で」

「何でだ。何で実の父を刺す？」

「それがヤクザだからだ」

表にまたサイレンが聞こえた。

窓の外が赤く明滅している。何台かの増援のパトカーが到着したようだ。

店のドアを開き、ドヤドヤと数人が入ってきた。怒鳴るような声で刑事たちが話し合っている。

この事件《ヤマ》はうちが仕切る——そんな声が聞こえた。

県警だとすぐにわかった。腕章に白手袋の刑事たちが、遺体の周囲にたかり、また怒鳴るように何かをいい合っている。

寺崎がやって来た。

「誰がやったか、見たかね？」

安藤は首を振った。

「のう。お前はここにおったんじゃろう。一部始終を見たはずっちゃ」

また首を振った。

「身勝手な斬った張ったはやめて、ええかげんに警察に任せたらどうなんね？」

「今まで警察が何かしてくれたか?」

寺崎は一瞬、口をつぐんだ。が、ふたたび安藤を睨みつけた。

「こんなあ、別件で引っ張っちゃろうか。しばきゃ、いくらでも埃が出るじゃろうが」

「寺崎。もうよせ」

私はいった。「こいつの気持ちをわかってやれ」

寺崎は私を見据えると、露骨に舌打ちをしてから、踵を返した。

13

「島岡の居場所は、何とか突き止める」

グラスをあおりながら、安藤がいった。

五杯目のオン・ザ・ロックだった。彼が酒に強いことを知っているのだろう。〈シーキャンプ〉のマスターは例によって何もいわず、黙々とアイスピックで氷を砕き続け、注文に頷いては新しいロックを彼の前に置いた。

「私も行く」

「奈津子さんの復讐ならわかる。だが、なんで警察を辞めたあんたがヤクザの仇討ちをする?」

「自分でもわからん。だが、このまま何もせずに生きていたくないだけだ」

「莫迦だな、あんた」

彼はまた酒を飲み、グラスを乱暴に置く。氷が鳴った。

「なあ。おっさんは本気で人を殺せるのか?」

「君は殺せるのか」

「殺せる」安藤が平然と答えた。

マスターがチラリとこっちを見たが、すぐに目を戻した。

「今まで誰かを殺したことは?」と、私は訊ねた。

「ない」

私は笑い、息を吐いた。「お互い、そんなに違わないな」

沈黙が戻ると、外の雨音が聞こえ始めた。

降り続いて、もう三日になる。このままずっと雨は止まないのではないかと思える。それでもかまわないと思う。

雨は私の心の中にも降り始めていた。

「今日は飲もう」と、安藤はいった。「俺たちの葬式代わりだ」

けっきょく、開店から閉店までずっとねばっていた。

その間、何人もの客が私たちの周りの止まり木に座り、入れ替わった。


午前一時。

マスターが表のスタンド看板の灯りを消しに行く頃、すっかりできあがった私たちはカウンターに突っ伏していた。

ふたりとも眠ってはいなかったが、酒酔いにぼんやりした意識の中で、表の雨音を聞いていた。

九州の南から、台風が北上しているという予報だった。今のコースだと、山口県を横切るのは間違いなさそうだと気象庁が発表している。

風はまだおとなしい。激しくなるのはこれからだ。

松尾会長たちが刀根に殺されたとき、まるで映画か芝居の一シーンのように見えた。非日常的な光景であるはずなのに、なぜかそれがごく自然に思えた。ありきたりの出来事のように記憶に残っていた。

手首を切り落とされて、痛いと泣き叫ぶ長谷川の声が耳に残っている。

ふたりのヤクザに追われ、背後から何度も発砲された。

弾丸がすぐ近くをかすめる音が忘れられない。あの絶体絶命の窮地から、命からがら逃げ延びたというのに、わざわざまた自ら危険に飛び込もうとしている。

刑事とヤクザとしてつき合ってきた刀根。その男にどうしてここまで義理立てする必要があるのか。自分でもわからなかった。

ただいえるのは、かつて警察官だったという過去は、もう無意味だということだ。

私はあの刀根という男に近づきすぎた。

だから、汚名を着せられ失職させられても自分なりにあきらめがついた。それからというもの、妻の死に引きずられるように、朽ちかけた日々を過ごしてきた。失意の中で川面に浮かぶうたかたのように消えて行くはずだった。

それがひょんなことで、この安藤という男と知り合い、奈津子と刀根の死があり、気がつけば私は、それまでとは別の道を歩み始めていた。自分を否定し、たとえまっしぐらに死に向かっているとしても、私は今のあり方をやめたくはなかった。

これが最後の生き甲斐なのかもしれなかった。

コトン、と音がして、顔を上げた。

目の前に水の入ったグラスがふたつ、置かれていた。

マスターが切れ長の目で、私たちを見つめていた。

「この国はまだまだ平和ですよ」

マスターはそうつぶやいた。

私は彼の目から視線を離せなかった。

何のことかわからなかった。マスターは穏やかな顔でこういった。

「戦争も、飢えもなく、疫病《えきびょう》の蔓延《まんえん》に苦しむこともない。だからよその国の戦争をドラマのように傍観したり、大勢の人々が死んでいく内乱を他人事《ひとごと》として評論したりする。そのくせ、ひとたび深刻な死に直面したら、わざとらしく目を逸らし、あるいは何とか理由づけて美化しようとする」

安藤が顔を上げた。

「マスター。あんたはたしか韓国の……」

「朝鮮戦争のとき、北から逃げてきました」

首の横の大きな傷が目立ってみえた。

「私の両親、故郷で兵隊に虐殺されました。目の前で殺されました。思想が違うというだけで、同じ国の人間に銃弾を何発も撃ち込まれて死にました。私、ひとりきり、三十八度線を越えて逃げるのが精いっぱいだった。そんなこと、珍しくなかったですよ」

私は何も返せず、俯いたまま、声に耳を傾けていた。

「平和ボケと、あなたたちは自嘲する。その通りと思います。この国の平和だって、あの戦争の大きな犠牲があったからこそじゃないですか。そんな歴史の教訓がまったく忘れ去られている。生きているっていうことが、どんなに大切なものか。今の日本人は知らないです」

隣に座る安藤は、グラスの水を一気に飲み、溜息をついた。

「俺には死ぬとか生きるとか、そんなことは関係ない。命がある間だからこそ、やらなきゃならないことってあると思う。死んだら死んだで、それはひとつの結果に過ぎないんだ」

マスターは暗い顔をして、私たちを見た。

「あなたたちは、そうやっていつも同じ過《あやま》ちを犯すんです」

「たしかに過ちだ」

安藤がいった。「しかし、たとえそれが過ちだとわかっていても、やらなきゃならないことがあるんじゃないか?」

マスターはかすかに片眉を吊り上げた。興味深そうな顔で安藤を見つめている。

「なぜ、そこまでして?」

マスターに問われ、安藤がかすかに笑った。

「自分が救いようのない莫迦だからだ」

彼はまた水を飲んだ。「――だが莫迦でかまわない。たまには、俺たちみたいなのがいてもいいだろう」

マスターは目で笑った。

「あなたたちが、好きですよ」

「俺もあんたが好きさ」と、安藤が答えた。

*

稲田組の事務所ビル周辺は異様な緊迫感に満ちていた。

入口前に並ぶ黒い傘の群れ。その周りを取り囲むのは、雨合羽《あまがっぱ》をはおった制服姿の警察官たち。私服刑事に新聞やテレビの報道班などのマスコミ関係。ヤクザたちは、ふだんの五倍はいた。そのほとんどが広島の桜会の構成員のようであった。

血生臭い事件があったこともあるが、この物々しさは別の理由のためだ。

稲田組二代目組長の襲名披露であった。

ビル前にはベンツを始めとする大型の外国車が並び、今しもビル内でその儀式が行われている最中だった。

盃《さかずき》の媒酌《ばいしゃく》のため、広島の桜会のみならず関西から大物が到着している。そんな噂もあった。

二代目を継ぐのは桜会から送られた賀川《かがわ》という男らしかった。桜会にいたときの山本と肩を並べるほどの重要な幹部のひとりだったようだ。

カメラをかまえた記者たちの間にまぎれて、私と安藤は立っていた。

雨が幸いした。そこらじゅうの人間が傘を差しているため、われわれは目立たない。警察もヤクザには目を光らせているが、一般市民は眼中にないはずだ。

例外がひとりだけいた。

人波の向こうに寺崎の姿がある。彼は傘も差さず、電柱に躰を半分、隠すように立っていた。びしょ濡れの服のまま、とっくに火の消えてしまったセブンスターをくわえていた。

「安藤」

そっと声をかけると、彼は頷いた。やはり寺崎の姿が見えたらしい。

記者たちの後ろに身を隠しながら、私たちは死角に移動した。

事務所の入口前に並んだ黒背広の一群の中に、見覚えのある顔がふたつ。一昨日の夜、拳銃を乱射しながら追いかけてきたふたり組だった。どちらも今日は黒背広だ。ニッカボッカーを穿いていたマサキは、左腕を包帯で吊っている。

彼らにも注意を払わなければならない。私の顔を知っているからだ。ヤクザたちはいずれも緊張していた。

空気が張り詰めていた。

入口の扉が開き、黒背広や紋付羽織に袴姿の男たちが出てきた。とたんにテレビの報道や記者たちが詰め寄り、カメラを向け、フラッシュを光らせ始める。真ん中が新しい組長の賀川らしい。眉が濃く、体格のいい中年男だった。その傍に恰幅《かっぷく》のいい男がいる。

「桜会の田代《たしろ》だ」と、安藤がいう。

警察にいた頃からその名は聞いていた。桜会のナンバーツーといわれ、今は松尾亡きあとの会長代行だ。敵対する組織との抗争で、何度も顔が週刊誌などに載っていた。この大げさなほどに物々しい警戒ぶりは、そのためだったのだ。

彼らはビル最上階にある広間で杯を交わし終え、至極ご満悦の様子で事務所ビルを出てきたところだった。これから広島に帰るのだろう。

田代の後ろに黒背広が三人いた。

右端にいるひとりが島岡だ。

標的を目で捉えたとたん、鼓動が激しくなった。上着の下の銃の重みを感じた。

「やるぞ？」

安藤がいった。しかし私はその肩をつかんだ。

「ダメだ」

「なぜ？」

私は顎をしゃくって見せた。

向かいの歩道に沿って並んでいるパトカーの横に、寺崎が見えた。いつの間にか、移動していた。明らかにこちらを意識し、われわれと標的の間にいつでも飛び出せる場所に立っていた。寺崎の後ろには数名の制服警察官が立っている。

「今、出て行けば俺たちは確実に取り押さえられる。そうなったら、もうすべてが水の泡だ」

「だからといってな……」

安藤が歯軋りをした。

羽織袴の男たちを守って、島岡たちは雨の中に出てきた。

記者たちがさらに近づこうとして、警察官たちに制止されている。ヤクザたちはその間を通り抜け、通りに停めてあった黒いベンツに乗り込んだ。

島岡も他のヤクザとともに後続の車に乗り込んだ。

「おっさん——!」

「あきらめろ」

青い煙を残してベンツ数台が去っていくと、深々と頭を下げていた新組長とヤクザたちはビルの中へと消えた。とりまいていた群衆も三々五々と解散を始めた。

寺崎はまだ同じ場所に立ち、こっちを見ていた。

「行くぞ」

私は安藤の肘を摑んだまま、歩き出した。

寺崎は追ってはこなかった。

＊

その黒いハーレイには見覚えがあった。

米軍基地近くの、〈デルタ〉という小さなスナックの前だった。

私は歩を止めて、しばらくオートバイを見つめていた。雨風が強くなり、差していた傘がときおり大きくたわむ。柄を握る手に力がこもる。

台風は九州地方を南から北へと縦断し、洪水や土砂崩れなどの被害をもたらした。あと数時間後には国東《くにさき》半島の真上を通過し、周防《すおう》灘を横切って山口県東部を直撃する。最大風速は二十五メートル。一時間当たりの降水量は三十ミリ以上とされていた。

さいわい空港通りの店の多くは、まだ営業を続けていた。

店のスタンド看板の横を通り抜けた。

小便の臭いが染み込んでいるコンクリの階段を下り、ひからびた木の扉を引いて開ける。とたんに喧騒が耳に飛び込んでくる。

狭い店内は紫煙がわだかまり、ロックサウンドが空気を重く震えさせていた。

小さなカウンターには誰も座っていないが、五つの丸テーブルは、それぞれ女連れの客が占めている。ほとんどがアメリカ人だった。

誰もが酔っ払っていた。騒音の中で大声で騒ぎ合っている。

彼はすぐにわかった。

大野木重光は前と同じ革ジャン姿で、真ん中辺りのテーブルに座っていた。スリムな躰にショートヘアの黒人の女を抱き締め、猫でも撫でるようにドレスの背中をさすっていた。

声をかけようとしたとき、だしぬけに誰かに後ろから突き飛ばされた。

つんのめって危うく倒れかかり、近くのテーブルに手を突いて躰を支える。

大男がふたり、私の後ろを通った。どちらも黒人だった。色褪せたジーンズにカーキ色のランニングシャツ。ひとりの腰の辺りに巻きつけた鎖がチャラチャラと鳴っていた。

大野木が抱いていた女が、黒人たちを見て何か叫んだ。だが彼は女を離そうとしない。

状況はすぐにわかった。ふたり組の黒人が女を取り返しに来たのだ。

彼らは大野木がいるテーブルを挟んで立ち、ひとりが女の腕を摑んで無理やり立ち上がらせた。

周りの席から女の悲鳴が聞こえた。

もうひとりの黒人が、彼の胸ぐらを摑み、同じように強引に立ち上がらせた。

「あいむ・そーりい」

どう見たって通じそうもない下手な発音で彼がいった直後、鈍い音がした。長いリーチが一瞬、伸びたと思いきや、黒人は短いフックを一発、彼の腹にぶち込んでいた。隣のテーブルを派手に転がして大柄な革ジャン姿がひっくり返った。

女を摑んでいたもうひとりが追討ちをかけ、床に倒れたその腹を蹴りつけた。

大野木はうめき、躰を折り曲げた。

それでお仕舞いだった。

黒人たちが女を連れて店を出ていってから、彼はゆっくりと起き上がった。

私に気づくと、照れ臭そうに笑いを浮かべる。

「まずいところを見られちまった」


バドワイザーをひと口、飲んだ。

喉が渇いていることに気づき、さらに喉を鳴らして私は飲んだ。

そういえば組事務所前で安藤と別れてから、何も口にしていなかった。あの時点で、実は喉がカラカラだったはずだ。

「例のブツ、手に入ったんか？」

向かいの椅子に座った大野木は、パンチを食らい、蹴られた腹をさすりながらいった。

店は何事もなかったように、ふたたび静かになっていた。奥のテーブルでは、白人の男と日本人の中年女が激しく抱擁《ほうよう》し合っている。その他のテーブルも、どれも似たり寄ったりの光景が繰り広げられていた。

「ああ。手に入れた」

そういって私は少し笑った。

大野木は唇をへの字に曲げて見せた。

「それで、もう使《つこ》うたんか?」

首を振った。

「そうか」

彼はニヤリと笑い、またビールを飲んだ。

「今度は何が欲しいんじゃ。また新しいチャカか?」

「情報だ」

「俺はあんたの何でも屋じゃねえっちゅうんだ」

「桜会にコネがあるだろう?」

「そりゃ、ねえことはねえが」

彼はいぶかしげな目で私を見つつ、ビールのグラスをテーブルに戻した。

「今は稲田組の組員になった島岡のことだ」

「知っちょるよ。かなりヤバイ男じゃが」

「居場所が知りたい」

彼は目を細めて、私を睨んだ。長い間、そうしておいて、ふと視線をそらした。

「お前のう。あの安藤と組んじょるんじゃろう?」

すった。

「どうしてそれを？」

「裏社会のことはだいたいわかる。噂も耳に入る。刀根真太郎の仇討ちというわけか」

またビールをあおり、空になった瓶をテーブルに乱暴に置いた。そしてまた腹をなでさすった。

「警官辞めたあんたが、なしてそんとな無謀なことをする」

「無謀はわかってる」

「島岡はヤクザちゅうても、そんじょそこらのチンピラとはわけがちがう。あいつはプロの殺し屋じゃけえ。お前らは絶対に返り討ちに遭う」

「あんたにゃ関係ないだろう」

彼はくっくと笑った。

「たしかにのう」

無精髭の伸びた下顎を撫で、彼は天井を見上げた。

ふっとまた笑った。明らかに、さっきとは別の笑みだった。

「おもしろそうじゃけえ、教えてやってもええど」

「本当か？」

眉根を寄せ、彼はしばらく何かを考えてから、やおら向き直った。

「錦帯橋近くにある弥生《やよい》アパートっちゅうとこに、沢田弘枝《さわだひろえ》っちゅう水商売の女が住んじよる。島岡の女じゃ」

「奴はそこに?」

「いっしょに住んどるっちゅう話じゃ」

そういうと、煙草を灰皿に押し付け、彼はバーテンに新しくバドワイザーを注文した。

「すまんな」

立ち上がろうとした私の腕を摑み、彼は指を二本、立てながらいった。

「二発だ。頭と心臓を確実に撃ち抜け」

驚いて私は彼の顔を見つめた。

「ええか。ヤクザをやるときゃのう、後腐《あとくさ》れのないようにトドメを刺すんじゃ。そうせんとあとを引くど。わかったか?」

私は頷いた。

その意味がわかったのは、ずいぶん先になってからのことだ。

14

夜半になって、台風はついに山口県の東部に上陸し、この街のまさに真上を通過しつつあった。

県内全域には大雨洪水警報が出されていた。

岩国一丁目と呼ばれる街区は、江戸時代の城下町の風情を残した場所で、錦帯橋を目的に来た観光客がいにしえの情緒を求めて歩いている。

しかし、台風が直撃するこの夜は、さすがに閑散としていた。町じゅうが厳重に戸締まりをし、人々は嵐が過ぎ去るのをひっそりと待っていた。誰もいない通りは、ゴーストタウンの様相を呈していた。

私と安藤は吹き荒れる嵐の中を歩いていた。

風雨は激しく、傘も役に立たない。まさに横殴りに叩きつけてくる。

ときおり、バタバタと音を立てて紙片が舞い飛んでいた。

頭上で電線が音を立てて揺れていた。まるで闇を切り裂こうとしているかのようだ。

足元のアスファルトは川のように濁流が流れ、雨風の洗礼を受けるたびに、ざわざわと銀鱗のようなさざ波を立てていた。

突然、空缶が派手な音を立てて転がり、路肩に停めてある軽トラのタイヤに当たって止まった。仕舞い忘れたらしい薬屋の回転看板が、大げさな軋み音を立てながら、すさまじい勢いで回っている。

篠突《しのつ》く雨に打たれ、私たちの服は鉛のように重たくなっている。

躰は冷え切っていたが、心はむしろ高揚していた。

弥生アパートは、古めいた街に不釣り合いな、三階建ての鉄筋コンクリートの建物だった。

もう夜中の十時を回っていたが、ほとんどの窓にはまだ明かりがともっていた。

一階の真ん中、出入口に入ると、右手の壁に金属製の郵便受けが並んでいる。沢田という名前は二〇五号となっていた。

安藤が先に立った。外階段を上る彼のスニーカーが湿った音を立て、あとには、点々と黒い染みが残った。私はそのあとを追った。

二〇五号室は二階のいちばん奥だった。その扉の前で立ち止まった。『沢田弘枝』と表札がかかっているのを確認した。耳を澄ますがドアの奥から音は聞こえない。

安藤は上着の下からそっと匕首を抜いた。鞘に収めたままだった。私はズボンのベルトに挟んでいた自動拳銃に手をかけた。木製グリップの粗いチェッカーが、雨に濡れた掌に食い込む。

安藤がドアノブに手をやった。ゆっくりと回した。施錠はされておらず、ドアが開いた。

三和土に靴は三足。ハイヒールとパンプス。いずれも女のもので、男の靴が見当たらなかった。

土足のまま、入り込んだ。匕首を持った安藤が先頭で、拳銃を握る私が後ろだ。縄暖簾《なわのれん》の向こうのキッチンは電灯が点けっ放しだった。だが人の姿がない。ステンレスの流し台に汚れた皿やコップが乱雑に重ねられている。生ゴミの臭いがかすかに鼻を突く。

その部屋の並びに六畳程度のリビングルームがある。そこにも明かりは点いてはいたが人影はない。衣装棚。テレビ。壁に貼られた大きなカレンダー。

「いったい……」

安藤が声を出したとたん、

「しっ」私は口に指を当てた。「煙草の臭いだ」

リビングの中央、ガラステーブルに置かれた陶器の灰皿の中で、煙草が折れ曲がり、わずかにくすぶっている。ついさっきまで、そこに誰かがいたはずだ。

安藤は押し入れの襖《ふすま》を乱暴に開けた。便所も風呂も空《から》だった。

「こいつは、いったい何の冗談だ?」

安藤がつぶやいた。

灰皿の中にあったのは両切りの外国煙草だった。女が吸うものではない。

ふと、窓のレースのカーテンが開けっ放しになっていて、アルミの窓枠が濡れているのに気づいた。サッシの窓を引いて開けると、たちまち風が吹き込み、雨粒が顔に叩きつけてくる。

アパートの前の細い道。円錐《えんすい》の傘をかぶった街灯が、茫とした光を投げかけている、そこに影があった。長身の男が立っていた。蒼白い顔がこの部屋を見上げている。

私たちが来るのを見て、三和土の靴を持ち出し、この窓から外に出たに違いない。ならば、どうしてさっさとこの場を立ち去らないのだろうか。

「安藤――」

彼を呼ぶと、すぐにやってきた。隣に立ち、窓越しにその姿を見つけたらしい。

「あの野郎!」

安藤が踵を返し、駆け出した。私も追った。

部屋を出ると、階段を乱暴に駆け下り、暴風雨の中に飛び出した。

街灯の光のわだかまりの中には、もうさっきの姿はない。

道に立って視線をめぐらせた。狭い路地の遥か向こうに影が見えた。五十メートル以上先を足早に歩いている。

その姿はすでに芥子粒のように小さい。

私たちは走った。

風が背後から雨を叩きつけてくる。家々の雨戸がガタガタと騒々しく音を立てている。

道路は、まるで小さな川だった。その濁流の中を、水飛沫を蹴散らしながら突っ走った。

「島岡――ッ！」

安藤が叫んだ。

しかし彼の姿は、ますます小さくなって土手へ続く道を上っていた。

風音が、さらに激しくなってきた。雨は渦巻きながら、アスファルトにぶつかっている。

土手に出ると、さらに風雨が強くなった。躰が飛ばされそうなほどだ。

川畔《かはん》に並ぶ老いたアカマツの木々が、強風にあおられ、いっせいに大きく揺れかしいでいる。その葉叢《はむら》がこすれあう音が、まるで歯軋りの音のように聞こえた。

右手に錦帯橋が見えた。

五連のアーチが真っ黒な影となっていて、その下を嵩《かさ》の増した川水が、轟然たる音とともに、川いっぱいに広がって流れている。

車の通行がまったく途絶えた土手道に、島岡の姿はない。

私は周囲に視線をめぐらせた。

「ちくしょう、どこだ!」

安藤が焦って大声を放った。

私はガードレールに手を突き、河原を見下ろした。

ふだんは錦帯橋目当ての観光客の車が停まる駐車場となった広い河川敷だが、増水のためにかなり狭くなっていた。その一角に、小さな人影が見えた。

「あそこだ!」

私は指差した。

安藤が風雨を突いて走った。私も続いた。

河川敷に下りるスロープの舗道を駆け下りた。

人影は水際に見えた。

ゴウゴウと恐ろしい音を立てて、渦巻きながら流れる濁流。その手前に長身痩軀のシルエットがあった。

まぎれもなく島岡だった。

そのとき、初めて気づいた。島岡——下の名前を、私は知らない。

安藤は知っているのだろうか？

まるで黒い幽霊のように、島岡は激しく荒れ狂う濁流を背に立っていた。その姿が漆黒の闇の中にはっきりと浮き出して見える。

島岡が少し後退った。

濁流の中に足を踏み入れている。恐ろしい音を立てて流れる水が、彼の足に当たって飛沫を散らしている。

島岡は沈黙していた。

ここに来い——と、無言で語りかけているようだ。

「どういうつもりだ、島岡！」

安藤が叫んだ。

長身の影は何も答えず、嵐の川の中にたたずんでいる。

その右手に、いつの間にか匕首が握られているのに気づいた。対岸の町の光を受けて、それは一瞬、青白く殺気を含んだきらめきを放った。

安藤の呼吸が荒くなっていた。

匕首の鞘を振り捨てた。両手で握り、ゆっくりと流れに踏み込んでいく。

私はズボンの後ろに差していた拳銃を抜いた。

スライドに手をかけ、引こうとした。

驚いた。なぜか、引けなかった。金縛りに遭ったように手に力が入らない。

今までこんなことはなかった。歯軋りをした。銃把を左手で握り直し、利き手である右を使って、やっとスライドを動かした。初弾が装塡された。

両手でかまえると、雨が頰を叩いた。目を見開いて標的を見据えた。

安藤は島岡に向かっていた。

「行くな！　私がやる」

叫びざま、走った。

流れに踏み込み、濁流を蹴散らすように、突っ走った。

水は脛《すね》の辺りまである。浅瀬にもかかわらず、水流が痛みを感じるほど力強い。

流れに巻かれた大小の石が足にぶち当たっている。濁流の水面を木っ端やちぎれたビニールなどが浮き沈みしながら流されていた。

安藤は振り返らなかった。

島岡に向かって、歩き続けている。歩調がだんだんと速くなっていた。

「安藤！」

何度も水に足を取られそうになりながら、私はやっと彼に追いついた。肩に手をかけ、安藤を押し退けるようにして前に出た。拳銃を両手でかまえ、島岡に向けた。

「やめろ、おっさん！」

安藤が体当たりをしてきてバランスが崩れた。

両足が一度に滑り、流れの中に突っ伏した。拳銃だけは手放さなかった。

立っていたときには向こう脛の中程ぐらいの水深だった。そんな浅瀬にもかかわらず、すさまじい水圧だった。仰向けになったまま、一気に数メートル、流された。開けた口から濁った冷たい水が飛び込んできて、私は激しくむせた。

下流がさらに浅くなっていたおかげで、流されていた躰が止まった。何とか膝を突き、必死に顔を上げた。雨風がまたぶつかってきた。

上流で、安藤が島岡に突っ込んでいくのが見えた。

腰だめに低くかまえた匕首が、対岸の街の光を受けてギラッと輝いた。

島岡がそれをあっさりかわし、安藤の下腹に膝をぶち込んだ。同時に、背中に肘を打ち込んだ。

濁流に倒れ込んだ安藤は、大声で叫びながら島岡の足を左手で摑んだ。匕首を下から突き上げようとしたが、刃身が空しく空を切った。手首を取られた安藤が、また何かを叫んだ。

島岡の匕首が一閃《いっせん》した。

それを安藤は――素手で受け止めた。

しかし島岡は匕首を翻《ひるがえ》らせると、安藤の頰を切り裂いた。彼は倒れ、水飛沫が派手に散った。

目の前に何かが流れてきた。

木ぎれや石ころではなかった。安藤の指だった。

私は絶叫した。

悲鳴だったかもしれない。

安藤がこっちに流されてきた。夢中でその躰を受け止めようとした。一瞬、腕を摑んだものの、安藤といっしょに、また流れに呑まれた。二度、三度と水中で天地が逆転した。

安藤の肘の辺りを摑んでいたはずの左手が、いつしか勝手に水をかきむしっていた。

浅瀬に泳ぎ着き、よろめきながら水中から立った。安藤が見えなかった。ゴウゴウと激しく音を立てて流れる真っ黒な川面しか見えない。流されたのか。

しかし、捜す余裕もない。

上流に目をやると、島岡の姿があった。岸近くに移動していた。

「島岡！」

流れに逆らって足早に向かった。島岡に対面して立ち止まる。右手の拳銃は離さずにいた。島岡を倒すまで、死んでも失わないつもりだった。

島岡が、黙ってこっちを見ていた。

迷いはなかった。

彼の長身に向け、引鉄を引いた。

轟音が嵐の音を引き裂いた。反動が手首から肩に伝わり、のけ反りそうになった。左足が滑り、流れの中に尻餅を突いた。

しかし島岡は立っていた。弾丸が外れたのだ。

よろりと立ち上がり、二発目を撃つべく拳銃を前に突き出した。

銃を握る手が震えていた。いや躰が震えていた。心が震えていた。

歯を食いしばった。そして撃った。発砲音が耳をつんざきそうになる。ろくに狙いをつけていなかったことに気づいた。銃声の残響が風に呑まれた。

島岡が水飛沫を蹴散らしながら走ってきた。右手に匕首をぶら下げたままだ。

また撃った。

立て続けに二発。反動が両手を蹴り上げ、爆風が顔を叩き、雨を散らした。

島岡は止まらなかった。一発も命中していない。

匕首を斜めにすくい上げるように振り、私の腕に斬りつけた。

右腕を斬り落とされた――一瞬、そう思った。拳銃が手から滑り、流れに落ちた。

だが腕はまだそこについていた。シャツの袖が大きく切り裂かれ、上腕部にパックリと口を開けた傷から、鮮血が噴き出している。痛みはない。傷が深すぎるからだ。

そのときだった。

――島岡！

背後から声がした。

見れば、安藤が濁流の深みから這い上がり、岸近くに立っていた。

右手に匕首を握り、水を蹴散らして歩いてきた。

声を失って立ち尽くす私を押し退《の》け、前に飛び出した。

躰を折り曲げた格好で、島岡にかかっていった。

島岡の振るった匕首を、安藤がまた素手で受けた。すかさず、もう一方の手で、自分の匕首をふるおうとした。島岡はそれを突き飛ばした。よろめいて倒れそうになりながらも、彼はまだ流れの中に立っていた。

突如、川の音が大きくなった。

濁流が激しくなった。私は足を取られまいと、必死に立つだけだった。

安藤と島岡が睨み合っていた。風音と怒濤《どとう》のごとく流れる水音に混じって、ふたりの喘《あえ》ぎが聞こえる。

安藤が匕首をかまえた。ぶつかっていった。

それを島岡が受けた。躰を捻《ひね》りながら、自分の匕首を安藤の下腹に刺し入れた。同時に安藤も、島岡の鳩尾を刺した。ふたりは密着するように向き合っていた。喘鳴《ぜんめい》のような呼吸音がはっきりと聞こえる。

安藤と島岡が、互いの躰を離した。

ふたりはまだ向き合ったまま、激しい流れの中に立っていた。

安藤が自分の腹に刺さった匕首に片手をかけ、ゆっくりと引き抜いた。それを無造作に濁流に放った。そしてまたよろめき、力が抜けたように片膝を突いた。

島岡は相変わらず無表情に立っていた。

胸の真ん中に、安藤の匕首が刺さったままだ。

その瞬間、濁流の音も、雨風の音も、一切が途絶えた気がした。

「俺は――」

声がした。島岡の声だった。

「――親父を刺すしかなかった」

長身がゆらっと揺らぎ、スローモーションのように倒れた。

飛沫を上げて、島岡は泥水に突っ伏した。ドッと流れてくる濁流が、その黒い躰を押し流していく。黒い衣服の躰が、私の傍を通り過ぎ、渦巻く流れの中に呑み込まれていった。

その瞬間、音が正常に戻った。

濁流の轟音。雨風の吹きすさぶ音。

「安藤っ!」

私は浅瀬を這っていった。

彼はまだ流れの中に片膝を突いたまま、島岡が消えていった下流をじっと見つめている。

「やった」

意外にはっきりした声で、彼はいった。「見てたか、おっさん?」

私は頷いた。

安藤の腕を取り、脇下から支えた。

とたんに激痛が走った。島岡に斬られた上腕部だ。歯を食いしばった。

「岸に戻ろう」

安藤を引きずるように、歩き出した。流れに足を取られないよう、慎重に。

「俺はあいつを殺した」と、安藤は私に寄りかかりながら叫んだ。

「そうだ。やったな」と、同意した。

彼を岸辺に引きずり上げた。その場に座らせた。

安藤は猫背気味にうなだれ、石ころだらけの河川敷に胡座をかいた。そんな私たちの上に、雨風が容赦なく叩きつけてくる。

「おっさん。ちゃんと見ていたか?」

薄笑いを浮かべ、安藤は横目で私を見た。

「しつこいな。しっかり見ていたよ」

安藤のズボンのベルトを外し、腹の圧迫をゆるめてやる。血まみれの下腹に匕首があけた大きな穴があった。米兵に刺された場所と寸分違《たが》わない位置だ。そこからまた血が噴き出している。この様子だと、すでにかなりの失血をしているはずだ。

私の腕の出血も止まらない。ズボンの尻ポケットから濡れたハンカチを引っ張り出し、傷口の上をきつく縛った。

振り向いた。

電話ボックスがどこかにあったはずだと思い出した。

上流を見た。黒々とアーチを連ねる錦帯橋が、増水した川をまたいでいる。

あそこに行けば、きっと電話がかけられる。

「待っていろ。すぐに医者を呼ぶ」

「大丈夫だ。これぐらいの傷、何てことない」

安藤は立ち上がろうとして、グラッとよろけた。

「むりすんな。死ぬぞ」

「むりなんかしてねえよ。肩を貸せ、おっさん。それとも、こんな寂しい嵐の川に、俺をひとりぼっちにするつもりか？」

仕方なかった。安藤の手を取った。

手首を摑んだとたん、その手の指先がほとんど欠落しているのに気づいた。川面を流れていく彼の指を思い出した。

スロープの舗道を上り、何とか土手道に出た。

錦帯橋のすぐ傍だった。こんな観光地なのに人っ子ひとり、いや車すら見かけない。真夜中という時刻。そして、すさまじい嵐のまっただ中だった。

錦帯橋の手前。くねった松の木の近くに電話ボックスが青白く光っていた。

そこを目指して、ゆっくりと私たちは歩いた。

すぐ傍にベンチがあった。川に向かって置かれている。

そこに安藤を慎重に座らせた。

急いで電話ボックスの扉を開いた。

「おっさん――」

雨音に混じって、また安藤の声が聞こえた。

私は透明アクリルの扉を摑んだまま、振り返った。「電話をかけさせろ、安藤!」

彼はベンチに背を預けていた。蒼白い顔が私を見つめていた。

「あんたはもう自分の世界に戻れ。もう、二度とこんな奴らに関わるんじゃない」

「わかった」

「あんたに会えてよかったよ」

「私もだ」

電話ボックスの中に入った。

一一九番を回しながら、また振り返った。

雨滴が流れ落ちる透明アクリル板の向こうに、街灯の淡い光を受け、ベンチに座った安藤の姿がある。さっきと違って背板にもたれておらず、猫背になっていた。ピクリとも動かなかった。

ダイヤルを回す手が自然に止まった。

「安藤、お前……？」

扉を開け、私は雨の中に出て行った。

安藤はベンチに座ったまま、深々と俯いていた。垂れた前髪から雫《しずく》がポタポタと落ちていた。

「安藤――」

自分の声が、ひどく虚ろなことに気づいた。

安藤光一はうなだれたまま、事切れていた。息をしておらず、光を失った目で足元を見ていた。

その躰に容赦なく大粒の雨が降り注いでいる。

私は黙って、ベンチの隣に座った。

そのまま両手で顔を覆い、しばしじっとしていた。

雨風に激しく打たれているというのに、嵐の音がずいぶんと遠くに聞こえた。

私は上着の内ポケットに手を入れた。

そこから一枚の写真を取り出した。

雨に叩かれて、たちまちずぶ濡れになったその写真の中で、奈津子と美紗はそれでも幸せそうに身を寄せ合い微笑んでいる。

しばしふたりの顔を見てから、私は写真を縦にちぎった。

安藤の黒い上着の懐に、奈津子のほうを入れた。

ゆっくりと立ち上がり、彼に向かって一礼をし、背を向けた。

私は歩き出した。二度と振り返らなかった。

15

錦川の下流、門前川に映る空は、色褪せた青だった。

コンクリの堤防にもたれ、私は過ぎ去った夏を回想している。

目の前には、いつも刀根が座っていた足場がある。ひからびたテグス糸と、楕円形の鉛でできたオモリがそこに落ちていた。

だが今、そこに座っているのは彼ではなかった。

釣り竿も持たずに、セブンスターをくわえたまま川面に向かって足を投げ出し、川と海の境になる茫漠《ぼうばく》とした景色を眺めていた。

石段を下り、私は歩いていった。

「寺崎」

声をかけると、彼は振り返った。

「あんたか」

そしてまた波間に視線をやった。

くわえた煙草には火が点いていない。ふと、それに気づいたのだろう。寺崎は上着のポケットをまさぐった。ところが出てきたのは、あの青い百円ライターだった。

何度かそれを擦って火花を散らし、けっきょくあきらめた。

寺崎は苦虫をかみつぶしたような顔で、煙草を唇からむしり取り、川に投げた。

それは水面に浮かんだまま、ゆっくりと流れていった。

「まんまと逃げられてしもうた」

「何の話だ?」

寺崎の横顔。涼しげに目を細めている。

「最後の最後まで、とことん突っ走りよった」

安藤のことだとわかった。

私は黙っていた。

「島岡の遺体も見つからん。二週間も川をさらったのに浮かんでこん。まさか、どっかで生きちょるんじゃないかのう」

その話も聞いていた。

しかしあの状況で島岡が生き延びるはずがなかった。

もしかすると錦帯橋の少し下流にある、〃竜口〃と呼ばれる深い淵に引き込まれたのかもしれない。水が渦巻いていて、二度と浮かび上がらない――八木沢の口から聞かされた、そんな伝承を思い出していた。

今にして思えば、島岡はきっと自ら死を選んだのだろう。

だから、あの川でわれわれを待っていた。そしてあの言葉である。

――親父を刺すしかなかった。

我に返ったように訊いた。

「安藤は？」

「なんせ天涯孤独で身寄りのない奴じゃったけえのう。方々捜したら、下関《しものせき》に叔父が住んじょることがわかった。そっちに引き取ってもろうたらしゅうての」

「そうか」

「あいつ、どんとな死に方しよったんか」

遠い目のまま、寺崎がつぶやいた。

私に問いを投げたわけではなさそうだった。

「少なくとも無駄死にとか、のたれ死にじゃなかった」

すると寺崎は声もなく笑った。

「変わった奴だった」

私はそういった。「組織に縛られずに自由奔放に生きてた。他人からルールを押しつけられるのをとことん嫌ってたから、きっとヤクザの世界が窮屈で仕方なかっただろうな。一途な男だったよ。そのせいで、けっきょくはあんなことになっちまった」

「ほいじゃが、最後にええ仲間に出会《でお》うたんじゃないかね」

彼をまた見てから、小さくうなずいた。

私はずっと心を病んでいた。自分の人生を見失い、生きた骸《むくろ》のように毎日を送っていた。だから、どこか自暴自棄になって、彼のようなアウトローと同じ世界に染まろうとしていた。

それなのに――。

ふいに私はあらぬほうを見て、目をしばたたいた。

目を擦り、いった。「私の心の病や業《ごう》を、すべて背負い込んで行ってくれたんだ」

「あいつのぶんも生きていったらええよ」

「そうだな」

娘のように思っていた奈津子の不幸が、安藤という奇妙な若者との出会いにつながり、私を少しだけ立ち直らせてくれた気がする。

川の流れのように、記憶は遠く過去へと流れ去ってゆく。

対岸の米軍基地からすさまじい騒音が聞こえた。

ハリアーが金切り声のような爆音を放ちながら、ゆっくりと上昇していった。

その手前、防波堤に沿って米兵たちが走っている姿が、芥子粒のように点々と見えている。それをじっと眺めていると、ふいにまた寺崎がいった。

「ところで、あんたのう。復職する気はないか」

驚いて寺崎を見つめた。

「県警から監察官の内偵捜査があって、秋山が処罰されることが決まったんよ」

「本当なのか」

「桜会や榎本一家から露骨に賄賂を取っちょったけえのう。副署長が汚職しちょったことが明らかになりゃあ、ちょっとした騒ぎになろうて。あんたに一切合切を押しつけて馘にしたことも、これで証明できるじゃろう。ちぃとだけ署もきれいになるっちゅうことじゃ」

寺崎は私を見て、こういった。「あんたに戻ってもらいたいんよ」

しばし彼の三白眼を眺めていた私は、ふっと笑みを洩らした。

「誘いはありがたいが、断る」

「なして?」

「あの店を継ごうと思うんだ」

「まさか、ビリヤードの店か」

私はうなずいた。

「刀根も奈津子もいなくなったが、あそこをつぶすのは寂しすぎる」

「あんたが……あのビリヤード店をか?」

そういって、寺崎は笑い出した。笑いながら、苦しげにむせた。

東の空に上昇していったハリアーが、ゆっくりと旋回しながら南を目指して飛び去っていく。重苦しいジェットの爆音が、空にしばらくわだかまっていた。

「この街も、まだまだ変わりそうじゃのう」

そういって寺崎は笑い、傍に転がっていた鉛のオモリを摑み、川面に投げ込んだ。

私は視線を上げた。

夏は駆け足に去っていった。

秋の高い空。

風はすでに冷たい。

解説——暗い川の流れだけがすべてを知っている

書評家　杉江松恋《すぎえまつこい》

読み終えた後で見直し、なるほど題名は『ダークリバー』以外ない、と思った。作者は樋口明雄《ひぐちあきお》、文庫書下ろしの長篇作品である。

一口で言うならば、薄暮《はくぼ》の中を歩くような小説だ。犯罪小説であり、明るく光り輝くようなところはないのに、鮮やかに印象に残る箇所がいくつもある。ここは心に留めておくべきだと小説の文章自体が主張するのだ。静かに、読者の心に語りかけてくる。

主人公の〈私〉こと椎名高志《しいなたかし》は四十五歳、警察官の職を事情あって辞し、倉庫で働きながら日々を送っている。その彼の元に訃報《ふほう》が届いた。かつて家族同然に暮らした時期もある女性、刀根奈津子《とねなつこ》が自殺したというのだ。彼女の父親・真太郎《しんたろう》は元ヤクザだが、今は引退してかたぎの職に就いている。奈津子の死に納得がいかない椎名がその背景を調べ始めると、次々に不審な点が見えてくる。岩国東《いわくにひがし》署でかつて同僚であった寺崎勝美《てらさきかつみ》刑事はなぜ刀根を監視しているのか。また、刀根が籍を置いていた稲田組と関わりのあった安藤光一《あんどうこういち》という若い愚連隊の存在も気にかかる。安藤は張りつめた鋼線のような肉体を持つ男で、椎名の眼前で酔漢の米兵二人を瞬く間に叩きのめしたのである。

もはや警察官でも何でもないのに、椎名が刀根奈津子の死について聴き回るのを止められない理由の一つは、彼が人間としては抜け殻だからだ。唯一の家族であった妻の美紗《みさ》は三年前に子宮癌のために他界した。彼にとって大事な人はすべてこの世にはいないのであり、人生の幸福は過去のものになっている。束の間であっても生活を共にしたことがある奈津子の死にもし不明なことがあるのであれば、雲を取り払わなければならない。さもなければ、椎名自身が生に意味を見出すことができないのだ。彼の行動は、生きるための本能的なあがき、自分の存在にまだ意味があることを証明しようとする無意識の抵抗であるだろう。そうした切実な思いを抱えた人物が彷徨《さまよ》う姿を描いた小説だ。

生きることを一旦やめていたようなもので、刀根奈津子の死という契機によって仮死状態を解《と》かれ、椎名はこの世に舞い戻ってくる。だから彼の時間は停まったままで、現在に追いつくために情報をかき集めなければならない。前半部ではこのキャラクター設定が巧《うま》く機能している。そして必要な情報が揃い、読者にも状況が把握できた時点で転機が訪れる。一つの事実が判明し、椎名にとっては命を賭けるべき行為とその理由が出来るのである。そこから『ダークリバー』は、彼の噴出する情念を描く物語となる。

椎名を衝《つ》き動かす感情がどういう種類のものであるかここでは書かないが、それがはっきりしたことでもう一つの変化が訪れる。彼の周囲にいた人々が、同じような燃える思いを胸中に抱えていたことがわかっていくのだ。ここが本書の最も美しい点である。

物語の序盤では、椎名に他の登場人物たちの真の顔は見えていない。彼自身が生の意味を見失っていることもあり、他人の心との間にある隔壁を越えて踏み込めなかったからだ。椎名が半分死んだ状態を止めたように、彼以外の人々も生の停滞から抜け出して行動を起こしてくる。それによって本当の顔が見えるようになるのである。理屈や打算の結果ではなく、ぶつかり合うことによって相互理解が実現する。本書で描かれるのは基本的に悲劇的な物語なのだが、その中に精神を高揚させる要素がある。熱いものを残す読後感の出処《しゅっしょ》は、こうして描かれる魂の交流場面だろう。

本書の舞台は山口県岩国市である。旧岩国藩の城下町だったこの場所には旧日本軍の海軍航空隊の基地があり、戦後になって米軍基地が設けられた。主人公は一九三四（昭和九）年生まれだが、彼にとって戦争は「身近にありながらも、なぜか遠い国の絵空事のような気も」する出来事であったという。その戦争の残滓《ざんし》とも言える米軍基地は、椎名にとっては足を踏み入れたことがない遠い非現実の地である。そうした異界が生活圏の中に存在するということが、物語に濃い影を落とすのである。

小説の作中時間は、一九七九年に設定されている。バブル景気の到来まではまだ遠く、主人公と同じ戦前生まれの人々が働き盛りの現役として産業を牽引《けんいん》していた。戦後という言葉も、時代を表す言葉としてまだ実感を伴っていたのである。さらに言えば一九七〇年代は、一九六〇年代末の警察による第一次頂上作戦終了から一九八〇年代半ばに勃発《ぼっぱつ》した山一抗争《やまいち》に至る広域暴力団再編の時期でもある。本書の中で描かれたような事件も平成の時代よりははるかに起こりやすいものだった。全体的に荒っぽさがまだ抜けていなかった、という言い方もできる。そうした時代の空気もまた、本書の重要な部品だ。

もう一つ注目すべきなのは、本書における川の情景である。椎名をはじめとする登場人物は、事あるごとに川に歩を運ぶ。最初に川の話題が出てくるのは、椎名がこの世にもういない人々、切なく懐かしい死者たちの存在に気持ちを囚《とら》われながら連帆橋《れんぽばし》の上に歩いてくる場面である。ここは「妻の美紗を亡くしてから、雨さえ降らなければ、この橋で時間をつぶしていた」心の待避所なのであり、椎名の視点で綴《つづ》られる川の自然は輝かしく美しい。この橋はまた、彼が最後に刀根奈津子と顔を合わせた場所でもあるのだ。これから小説を読まれる方は、そのときの会話で彼女が「私の父も、暇さえあれば門前川《もんぜん》に行ってます、釣りをしてるみたいです」と口にしていることに着目されたい。元警官と元ヤクザが同じように川で遊んでいる、と漫然と読み飛ばすと、すぐ後に大事な情報が出てくる。

——岩国市内を大きく蛇行《だこう》しながら流れる錦川《にしき》は、瀬戸内海に注ぐ前に、今津川《いまづ》と門前川というふたつの川にわかれる。

という一文だ。つまり椎名と刀根が佇《たたず》んでいた川は、本来同じものなのである。海に出る前に二つに別れた川で、二人の男が互いに背を向けるようにしながらそれぞれのやり方で時間を潰している。この構図は、『ダークリバー』という小説を形作る最初の、そして最も重要な構成部品と言っていい。本書の登場人物たちがわかりあうために言葉を交わすことをせず、内なる思いを抱えたまま孤独に生きていることを端的に表す場面だからだ。

以降も物語の転換点となる箇所には必ずこの川が描かれる。たとえば〈私〉とヤクザの安藤が衝突する場面だ。ここでは今津川に石を投げるという行為が、立場の違う二人がそれぞれに自分の正義を貫こうとする態度の隠喩《いんゆ》として用いられる。また、今津川にかかる山陽本線の陸橋上で繰り広げられた出来事を描いた一幕のように、展開にアクセントを加えるための要素として川が利用される箇所もある。錦川というもう一人の名優抜きに本書は成立しなかった。そう言ってもいいほどの貢献度ではないか。

作者の樋口明雄は一九六〇年に岩国市で生まれた。『ダークリバー』は樋口が故郷について書いた小説でもあるのだ。本書の直前には『風に吹かれて』(ハルキ文庫)という長篇も上梓《じょうし》されている。こちらは一九七三年の岩国市を舞台とする、中学二年生が主人公の青春小説だ。単発の書下ろしで、作者が二作連続で同じ主題を扱ったというのは、ちょっと珍しい例である。二作の色調は暗と明で対照的だが、本書では人生の行き止まりに到達した男が最後のあがきを見せ、『風に吹かれて』では未知の世界に向けて少年が第一歩を踏み出すというように両作とも未来への志向が描かれている点は共通している。作者が故郷を舞台にどのような物語を綴ったか、関心がある方は併読をお薦めする。

ダークリバー

一〇〇字書評

切り取り線

購買動機（新聞、雑誌名を記入するか、あるいは○をつけてください）

□（　　　　　　　　　　　　）	の広告を見て
□（　　　　　　　　　　　　）	の書評を見て
□ 知人のすすめで	□ タイトルに惹かれて
□ カバーが良かったから	□ 内容が面白そうだから
□ 好きな作家だから	□ 好きな分野の本だから

・最近、最も感銘を受けた作品名をお書き下さい

・あなたのお好きな作家名をお書き下さい

・その他、ご要望がありましたらお書き下さい

住所	〒				
氏名		職業		年齢	
Eメール	※携帯には配信できません	新刊情報等のメール配信を 希望する・しない			

この本の感想を、編集部までお寄せいただけたらありがたく存じます。今後の企画の参考にさせていただきます。Eメールでも結構です。

いただいた「一〇〇字書評」は、新聞・雑誌等に紹介させていただくことがあります。その場合はお礼として特製図書カードを差し上げます。

前ページの原稿用紙に書評をお書きの上、切り取り、左記までお送り下さい。宛先の住所は不要です。

なお、ご記入いただいたお名前、ご住所等は、書評紹介の事前了解、謝礼のお届けのためだけに利用し、そのほかの目的のために利用することはありません。

〒一〇一-八七〇一
祥伝社文庫編集長　坂口芳和
電話　〇三（三二六五）二〇八〇

祥伝社ホームページの「ブックレビュー」からも、書き込めます。
http://www.shodensha.co.jp/bookreview/

祥伝社文庫

ダークリバー

平成30年9月20日　初版第1刷発行

著　者　樋口明雄《ひぐちあきお》
発行者　辻　浩明
発行所　祥伝社《しょうでんしゃ》
東京都千代田区神田神保町3-3
〒101-8701
電話　03（3265）2081（販売部）
電話　03（3265）2080（編集部）
電話　03（3265）3622（業務部）
http://www.shodensha.co.jp/
印刷所　萩原印刷
製本所　ナショナル製本
カバーフォーマットデザイン　芥 陽子

 ISBN978-4-396-34455-9 C0193

〈祥伝社文庫　今月の新刊〉

伊坂幸太郎
陽気なギャングは三つ数えろ
二三〇万部の人気シリーズ！
天才強盗四人組に、最凶最悪のピンチ！

浦賀和宏
ハーフウェイ・ハウスの殺人
引き裂かれた二つの世界の果てに待つ真実とは？　衝撃のノンストップミステリー！

西村京太郎
十津川警部　絹の遺産と上信電鉄
西本刑事、世界遺産に死す！
捜査一課の若きエースが背負った秘密とは？

小野寺史宜
ホケツ！
家族、仲間、将来。迷いながら自分のポジションを見つける熱く胸打つ補欠部員の物語。

樋口明雄
ダークリバー
あの娘が自殺などありえない。真相を探る男の前に元ヤクザと悪徳刑事が現われて……？

鳥羽　亮
箱根路闇始末　はみだし御庭番無頼旅
忍びの牙城に討ち入れ！
忍び対忍び、苛烈な戦いが始まる！

原田孔平
狐夜叉　浮かれ鳶の事件帖
食い詰め浪人、御家人たちが幕府転覆を狙う。
最強の敵に、控次郎が無謀な戦いを挑む！